オオハシ・キング

ぼくの なまいきな鳥

当原珠樹 作　おとないちあき 絵

PHP

オオハシ・キング　目次

ほりだしもの屋《や》

学校からの帰り道、歩道のやなぎの枝《えだ》を、風がさわさわとゆらしていた。ぼくは、少し後ろを歩いている、佐々木光太郎《ささきこうたろう》くんのことが、気になっていた。ぼくは四年二組で、光太郎《こうたろう》くんはとなりの一組だ。顔と名前は知っているけれど、話したことはない。だけど、さっき追《お》いこす時に、光太郎《こうたろう》くんが持《も》っている『鳥のしつけかた』という本が目に入って、どきっとしてしまった。

思い切って、話しかけてみようかな。でも、どういうふうに切りだせばいいだろう。

『その本、どこで買ったの？』

いきなりで、びっくりするかな。

『鳥、すきなの？　実《じつ》はぼくもなんだ』

なんだか、なれなれしいか。それに、

『君《きみ》、だれだっけ』

とか言われたら、やだなあ。

そんなことをあれこれ考えていると、後ろで光太郎《こうたろう》くんの声がした。

「ねえ、今日《きょう》いっしょに遊《あそ》べる？」

びっくりした。

「えっ、ぼく？」

もちろん、と言いかけながらふり返《かえ》ると、

「おう、遊《あそ》べるよ」

答えたのは、いつのまにか光太郎《こうたろう》くんのとなりを歩いていた、大樹《だいき》くんだった。大樹《だいき》くんは、光太郎《こうたろう》くんといっしょの一組で、去年《きょねん》まではぼくと同じクラスだった子だ。二人《ふたり》はさっそく、買ったばかりのゲームの話でもりあがっている。

「じゃあ、うちでゲームやろうよ」

「うん。ランドセル置《お》いたら、すぐ行くね」

と約束《やくそく》をすると、一分でも早く帰らなきゃというふうに、もうダッシュでかけだした。そして、ぼくのわきをかけぬける時、大樹《だいき》くんは初《はじ》めてぼくに気づいて、

「あれ、拓真《たくま》くん？　ひさしぶり」

と言って、ぼくの返事《へんじ》も待《ま》たずにダッダッダッ、と走っていってしまった。

ひさしぶり、だってさ。毎日休み時間に校庭《こうてい》で顔を合わせてるのに、気がつかないのかなあ。新しいクラスの友だちと遊《あそ》ぶのに、夢中《むちゅう》なんだろうな。

ぼくだって休み時間は、今のクラスの子たちと遊《あそ》んでいる。おにごっこし

たり、ドッヂボールしたり。でも、チャイムが鳴ったら、それで終《お》わり。放《ほう》課後《かご》だれかに、「遊《あそ》ぼ」と言ったこともなければ、言われたこともない。

「最近《さいきん》お友だち、来ないわね」

ママに言われるけど、

「一人《ひとり》で遊《あそ》べるから」

って平気《へいき》なふり。

本当は、だれかさそってくれないかなあと思う時もあるけど……。

いいんだ。別《べつ》に。ぼく、こないだ買った、鳥の図鑑《ずかん》を見たいし。そうだ、キックスケーターで、公園の池の鳥でも、見にいこうかな。

そんなことを考えながら、さっき光太郎《こうたろう》くんと大樹《だいき》くんがかけぬけていった道を、ぼくはずんずんずん歩いた。

ずんずん、ずんずん、ずんずん。

気がつくと、ぼくの家のある路地《ろじ》はとっくに通りすぎていて、その次《つぎ》の次《つぎ》

の、次《つぎ》の路地《ろじ》に出たところで、初《はじ》めて、
あれっ。

と思ったのだった。

ちがう道に来ちゃった。もどらなきゃ。

と、くるりと向《む》きを変《か》えようとした時だった。道のわきに、木造《もくぞう》の古い家が建《た》っていて、入り口のとびらが開《あ》いていた。

木のかんばんが立てかけてあって、こう書いてあった。

「ほりだしもの屋《や》」

ご自由《じゆう》に入って、あなただけのお宝《たから》を、探《さが》してみてください
おもしろそう！　こういうの、だいすき。

お店の奥《おく》は暗《くら》かった。入り口近くの床《ゆか》に大きな箱《はこ》が置《お》いてあって、いろんな物《もの》がごちゃごちゃ、つっこまれていた。その中に、バナナのような物《もの》が見えた。

なんだろう。

ぼくは思わずお店の中に入って、その箱《はこ》の中のバナナをつかんで引っぱりだした。出てきたのは、鳥の置《お》き物《もの》だった。黄色いくちばしが、長くてカーブしている鳥の。

あっ、知ってる。これはオオハシっていう鳥だ。ぼくが持《も》ってる図鑑《ずかん》にのってた。くちばしが大きくておもしろい形だから、すきなんだ。

それに、ぼくの名前も大橋拓真《おおはしたくま》。大橋《おおはし》とオオハシで、なんだか仲間《なかま》みたいじゃないか。

しゃがんで見ながら、そんなことを考えているといきなり、

「××××」

頭の上で、男の人の太い声がした。

「えっ」

ぼくがびっくりして顔を上げると、がっちりした体に、ひげもじゃのおじ

さんが立っていた。おじさんは言った。

「コスタリカの。それ」

コスタリカノ　ソレ
今のは何語だろう、この人はどこの国の人だろうと思っていたら、おじさんはぼくをじろじろ見て、

「ぼうず。手に取《と》るのはいいけど、いじくり回してこわすんじゃないぞ」

と言った。

ああ、この人は日本人で、さっきのは日本語なんだ。

「あの、コスタリカって……？」

ぼくが言うと、おじさんは、にやっとした。黒いひげの中から、白い歯《は》がのぞいた。

「小学生は知らんか。コスタリカって国は、ここにあるんだ」

壁《かべ》にはってある、黄ばんだ世界《せかい》地図の、アメリカ合衆国《がっしゅうこく》の右下の方を指《さ》

した。

「へえ、国の名前なんだ」

ぼくが言うと、おじさんは、ぷっと笑《わら》った。

「なんだと思ったんだよ」

少しむっとしたけど、ぼくは平気《へいき》なふりをして聞いた。

「ここは何屋《や》さんなの？」

「かんばんにあっただろう。ほりだしもの屋《や》だよ。床《ゆか》に積《つ》んであったり、箱《はこ》に入れてあったりする、たくさんの品物《しなもの》から、おもしろそうな物《もの》を、自分でほりだすんだ」

「ふうん」

ほりだしものってそういう意味《いみ》だったっけ。

ぼくが首をかしげていると、おじさんは言った。

「もしかしたら、いい物《もの》があるかもしれないよ。無《な》いかもしれないけど」

「例《たと》えばなにがあるの？」

「さあ、いちいち覚《おぼ》えてないから、自分で見たら」

不親切《ふしんせつ》な人だなあ。

そう思いながら、ぼくはさらに聞いた。

「じゃあ品物《しなもの》はどこで買ってきたの？」

「中南米とかアフリカとか、東南アジアとか、まあいろいろ。おれが旅《たび》してきたとこだな」

おじさんは、古いソファに腰《こし》を下ろして足を組むと、そばに置《お》いてあった雑誌《ざっし》を読み始《はじ》めた。だぶだぶしたジーンズのすそが、すり切れているのが見えた。

ぼくは、さっきのオオハシの置《お》き物《もの》が気になった。通りから見えるうちのでまどに置《お》いたら、いいだろうな。色がはっきりして、きれいな鳥だし、わかる人は鳥の『オオハシ』と、うちの名字の『大橋《おおはし》』が同じだと気づいて、くすっと笑《わら》うだろう。

そう思うと、すごくほしくなった。

「あの、これ、いくらですか?」

おじさんは顔を上げた。

「高いよ。子どもには」

「だから、いくらなんですか」

「二万円」

それを聞いたとたん、ぼくはしょげてしまった。

高すぎる。

ぼくがオオハシの置《お》き物《もの》を置《お》いて、すごすご帰ろうとすると、おじさんが雑誌《ざっし》を置《お》いて、別《べつ》の箱《はこ》を指《ゆび》さした。

「そっちだったら、もっと安《やす》いの、いっぱいあるよ」

おじさんが指《ゆび》さした箱《はこ》には、ごく小さな物《もの》が、ぎっしりつめこまれていた。ぼくは箱《はこ》の前にしゃがんで、中をあさり始《はじ》めた。かびくさいにおいが、ぷん、とした。おどっている人の形のボールペンとか、いろんな色が混《ま》じったつぼとか、おもしろそうな物《もの》がいっぱいあったけど、ぼくが気に入ったのは、麻《あさ》でできたきんちゃくぶくろだった。ごわごわした手ざわりで、オオハシみたいな鳥の絵が描《か》いてある。おじさんがそれを見て、言った。

「それは千円。さっきの置《お》き物《もの》といっしょに、コスタリカで買ったんだ」

えっ、千円もするんだ。

迷《まよ》っているぼくの顔を見ながら、おじさんが聞いてきた。

「ぼうずは鳥、すきなの？　おれといっしょだな」

「はい。飼《か》ってないけど大すきなんです。これもオオハシですか？」

「オオハシに似《に》てるけど、ちがうんだ。ほら、くちばしがピンクで、体は青と白だろう。なんでも、中南米に伝《つた》わる伝説《でんせつ》があるらしいよ。むかしむかし、人間と自由自在《じゆうじざい》におしゃべりをする鳥がいたってね。それがその絵の

ほりだしもの屋

鳥」

「しゃべるって、オウムとか、九官鳥《きゅうかんちょう》みたいに？」

「いや、ただ暗唱《あんしょう》するんじゃなくて、ちゃんと意味《いみ》を理解《りかい》して、言葉《ことば》を使《つか》い分けたんだって。むかし、ある部族《ぶぞく》の王さまが、亡《な》くなったあとにその鳥になって帰ってきたんだとさ」

伝説《でんせつ》の鳥なんて、すごいな。

ぼくはそのきんちゃくぶくろがほしくなった。

「ぼうずは鳥ずきだから、特別《とくべつ》に八百円にしてやるよ」

おじさんが言うのを聞いて、ぼくは急《いそ》いで家に帰ると、おさいふをにぎりしめて、またお店に走った。お店に入ると、おじさんはだれかとスマホで話し中だった。いつまでも話が終《お》わらないので、ぼくが、さっきのきんちゃくぶくろとお金を見せると、おじさんはスマホから顔をはなして、言った。

「まいどー。包《つつ》まないけどいい？」

そして、ぼくの手のひらからお金を取《と》ると、またスマホに向《む》かって大声でしゃべりながら、お店の奥《おく》に入ってしまった。

ぼくは外に出て歩きながら、きんちゃくぶくろをながめた。ふくろのおもて側《がわ》には大きく鳥の絵。うらには、細かい字がいっぱい書かれていた。

ん？

ぼくはつめものの紙以外にも、中になにか入っていることに気づいた。ピンク色の丸い物《もの》が一つ。

これ、卵《たまご》じゃないか？　大きさはニワトリの卵《たまご》みたいだけど、ピンク色をしている。

びっくりしてお店にもどろうかと思ったけど、おじさんが電話中だったことを思い出して、そのまま家に帰った。

自分の部屋《へや》に行くと、ぼくは本だなから『世界《せかい》の鳥　大図鑑《だいずかん》』を出してきて、「いろいろな鳥の卵《たまご》」のページを開《ひら》いた。そこに描《えが》かれているオオハシの卵《たまご》と、ぼくが手にしている卵《たまご》は、形と大きさはよく似《に》ていると思った。

でも、図鑑《ずかん》にのっているオオハシの親鳥は、くちばしが黄色い。そして卵《たまご》は白い。きんちゃくぶくろに描《えが》かれている鳥は、くちばしがピンク。この卵《たまご》もピンク。まさかこれ、伝説《でんせつ》の鳥の卵《たまご》……？

ぼくは、ふくろをうら返《がえ》して、そこにぎっしり書かれた文字を見た。

これ、何語なんだろう。おじさんがこれを買ったのは、たしかコスタリカって国だったよね。

そこで今度は、リビングからパソコンを持ってくると、試《ため》しに「コスタリカの言葉《ことば》」と入力した。すると、「スペイン語」と出た。そうか、これはスペイン語なのかも。ぼくは続《つづ》けて「なんでもほんやく」のページを出した。中学生のお姉《ねえ》ちゃんが、こっそり英語《えいご》の宿題《しゅくだい》に使《つか》っているのを、見たことがある。

ぼくは、ふくろに書いてある、一番上の文を入力してみた。すると、こうほんやくされた。

――この鳥は、人間と鳥たちの友好《ゆうこう》を深《ふか》め、幸《しあわ》せをもたらす鳥である――

「へえ、かっこいいじゃん」

これが、その鳥の卵《たまご》なのかな？　だったらかえしてみたいな。

でも、卵《たまご》のかえし方なんて知らないし、だいいち鳥を飼《か》ったこともない。

どうしたらいいんだろう。

などと、卵《たまご》をいじりながら考えていると、頭の上で、声がした。

「なーにやってんの？」

ぼくはびくっとして、あやうく卵《たまご》を落《お》とすところだった。

いつのまに中学から帰って来ていたんだろう。

「どうしたのよ。パソコンなんか使《つか》って。めずらしい」

お姉《ねえ》ちゃんは、ぼくの手元をのぞきこんだ。

「それ、鳥の卵《たまご》？　どこでひろったの？　あ、まさか巣《す》から取《と》ってきちゃったわけ？　いけないんだー」

「ちがう。取《と》ってないよ」

「なら、いいけど。これ、どうするつもり？」

「えー、できればかえせたらなあって……」

「かえす？　この卵《たまご》を？　あんたが？」

お姉《ねえ》ちゃんは刑事《けいじ》みたいな目をしながら、ぼくにたずねた。

「う、うん。悪《わる》い？」

「おもしろそうじゃん。ママに聞こう。ママー」

せっかちなお姉《ねえ》ちゃんは、卵《たまご》をぼくの手からもぎとるとリビングに向《む》かった。ぼくもあわててついていった。

「鳥の卵《たまご》のかえし方？」

ママは家計簿《かけいぼ》をつけていた手をとめて、こちらを見た。

「ママはセキセイインコしか飼《か》ったことないから、わからないわ。こういうのは専門家《せんもんか》に聞かないとね。『日本の野鳥の会』なんてどう？」

「わかった。『日本の野鳥の会』ね」

お姉《ねえ》ちゃんは、スマホを取《と》り出した。

「電話番号《ばんごう》を調《しら》べて、かけてみよう」

さすが。思い立ったら、そく行動《こうどう》、のお姉《ねえ》ちゃんだ。

「もしもし。弟が鳥の卵《たまご》を持《も》ってるんですけど、かえすにはどうしたらいいですか。え、ちがいますよ。野鳥の巣《す》から取《と》ったんじゃないんです。じゃあどうしたのかって？」

お姉《ねえ》ちゃんはスマホを耳からはなして、ぼくにたずねた。

「たっくんは、どこでその卵《たまご》もらったんだっけ」

「もらったんじゃなくて、買ったふくろに入ってたんだ」

「買ったふくろ？　どこのお店の？」

そこでほりだしもの屋《や》のことを説明《せつめい》すると、

「エーッ」

お姉《ねえ》ちゃんとママは顔を見合わせた。お姉《ねえ》ちゃんはあわてて、

「すみません。もう大丈夫《だいじょうぶ》です。ごめんなさい」

と言って電話を切った。それから、

「あのさ、たっくん」

と、ぼくをふり返《かえ》った。

「そのほりだしもの屋《や》のおじさんが、ふくろを外国で買って、お店で売ってるってことは、あんたが買うまでに、すごい長い時間たってるよね。ということは、これはえらく古い卵《たまご》ってことよね。そんな古い卵《たまご》かえせると思う?」

「わかんない」

「無理《むり》に決《き》まってるじゃん。ねえ、ママ」

ぼくはむっとした。

「そんなのわかんないでしょ」

「まあまあ、パパが帰ってきたら、相談《そうだん》しましょう」

ママがなだめたけど、ぼくはなにも言わずに卵《たまご》を持《も》って、自分の部屋《へや》にもどった。そして、卵《たまご》をさっきのふくろにもどすと、ベッドに寝転《ねころ》がり、そのまま眠《ねむ》ってしまった。

「たっくん。起《お》きなさい。晩《ばん》ご飯《はん》よー」

ママの声で目が覚《さ》めた。あたりはもうまっ暗《くら》だった。

ずいぶん寝《ね》ちゃったんだな。まどの外を見ると、満月《まんげつ》が出ている。それから机《つくえ》の上の時計《とけい》を見ようとして、ぼくは、あっと思った。さっき机《つくえ》に置《お》いた、きんちゃくぶくろがうっすら光っている。おそるおそる卵《たまご》を手のひらに出して見てみると、卵《たまご》が光を放《はな》ってピンク色にかがやいていた。

「ねえ、見て！　こっちへ来てよ。みんな」

ぼくが大声でさけぶと、会社から帰ってきたばかりのパパと、お姉《ねえ》ちゃん、あとからママもぼくの部屋《へや》に入ってきた。

「なに。電気もつけないで、どうしたの？」

ぼくはみんなに、手のひらの卵《たまご》を見せた。

「まあ、きれい。ピンク色に光ってるわ」

ママが言うと、

「これ、なにかぬってあるのかな」

お姉《ねえ》ちゃんは卵《たまご》を手に取《と》って、しげしげと見ている。

「この卵《たまご》、どこから持《も》ってきたんだ。たっくん」

ぼくが今日《きょう》のいきさつを話すと、きんちゃくぶくろを手に取《と》ったパパは、
目を細めてそれを見た。

「ふーむ。これはスペイン語かな」

「さっすがパパ。ぼく、さっきインターネットの『なんでもほんやく』で調《しら》べたんだよ。そしたら、『人間と鳥たちの友好《ゆうこう》を深《ふか》め、幸《しあわ》せをもたらす鳥』

って書いてあったんだ」

「へえー。なぞめいてるなあ」

それからパパは、夕飯《ゆうはん》を食べたあと、外国の検索《けんさく》サイトでいろいろ調《しら》べてくれた。すると、この伝説《でんせつ》の鳥は、卵《たまご》のふ化《か》の仕方《しかた》も、次《つぎ》のような歌として伝《つた》わっている、ということがわかった。

月が満《み》ちてから十六日　月の光をあびて
日の出から日の入りまで四回
六十四回　卵《たまご》が回ると
鳥の形をした王　あらわる
王、言葉《ことば》の力にて
人と鳥を結《むす》ぶ

「魔法《まほう》のじゅもんみたい！　なんかドキドキしちゃう」

ファンタジー映画《えいが》ずきのお姉《ねえ》ちゃんが、両手《りょうて》のひらを合わせた。ぼくは、さっきの歌の最初《さいしょ》の言葉《ことば》を考えてみた。

「卵《たまご》に月の光をあびさせるってことかなあ。そういえば今日《きょう》は満月《まんげつ》だった。さっきまどから見たもん」

「でも、六十四回、回る卵《たまご》っていうのはなにかしら」

ママが首をかしげている。

「さあ。卵《たまご》がぐるぐる回りだすとか？　こわーい」

「お姉《ねえ》ちゃん、ホラー映画《えいが》じゃないんだから」

「これ、見て」

パパがパソコンの画面《がめん》を見せた。

「ここにニワトリの卵《たまご》の人工ふ化《か》のさせ方がのってるんだけど。温《あたた》めている最中《さいちゅう》に、転卵《てんらん》と言って、時どき卵《たまご》を回転《かいてん》させなければいけないんだ。卵《たまご》の中にできた胚《はい》が、からにくっつくのをふせぐんだってさ」

「なるほど。六十四回回転《かいてん》するって、そういうことか」

「それが正解《せいかい》かどうかわからないけど、取《と》りあえずやってみなさい」

「鳥の卵《たまご》をうちでかえすのは大変《たいへん》だけどね。ママ、セキセイインコを何度《なんど》かかえしたことあるのよ」

ママは以前《いぜん》金魚を入れていたプラスチックケースを、納戸《なんど》から出してきてくれた。ぼくは、救急箱《きゅうきゅうばこ》に入っていた脱脂綿《だっしめん》をそのケースにしくと、そっと卵《たまご》を置《お》いた。そして自分の部屋《へや》の月の光がさしこむまどべに置《お》いた。

「うまくいけば十六日くらいでかえるってことだよね」

「そうねえ。でも卵《たまご》は古いし、月の光だなんて……やっぱりただの伝説《でんせつ》じゃないの」

ママは首をかしげた。ぼくはお月《つき》さまに向《む》かって祈《いの》った。

どうか、卵《たまご》がかえりますように！

オオハシ・キングたんじょう

ぼくは卵《たまご》を、朝起《お》きた時、学校から帰ってきた時、夕飯《ゆうはん》を食べる前、寝《ね》る前の一日四回、くるっと回転《かいてん》させることにした。

雨が降《ふ》ったりくもったりして、月の光がさえぎられないだろうか。心配《しんぱい》していたけれど、まどにぶらさげたてるてるぼうずのごりやくか、ずっと晴れの日が続《つづ》いた。最初《さいしょ》の夜に出ていた満月《まんげつ》は、だんだんと欠《か》けていった。初《はじ》めは興味《きょうみ》しんしんだった家族《かぞく》は、日がたつにつれわすれてしまったのか、卵《たまご》のことを話題《わだい》にしなくなった。ぼくは、といえば、まどべの卵《たまご》を回すのが習慣《しゅうかん》になっていて、特《とく》になにも考えずにやるようになっていた。

ある朝、いつものように卵《たまご》を回転《かいてん》させようとして、あっと思った。顔を近づけて見ると、一本ひびが入っている。よく考えると、その日はちょうど十六日目だった。

もしかして、生まれるのかな⁉

「ママ、聞いて。卵《たまご》にひびが入ったよ」

「ほんとに？　すごいわね。でも遅刻《ちこく》しそうだから、続《つづ》きを見るのは帰ってからね」

ぼくはしぶしぶ家を出たが、学校にいる間も気が気ではなかった。算数の授業《じゅぎょう》中、割《わ》り算《ざん》の÷の記号も卵《たまご》のひびに見えて仕方《しかた》がない。そんな時、突《とつ》然《ぜん》先生に指《さ》されてあたふたしたりした。

放課後《ほうかご》、飛《と》んで帰ってきてケースをのぞきこむと、卵《たまご》のからに小さな穴《あな》が空《あ》いていた。よく見ると、ヒナのピンク色のくちばしの先が、卵《たまご》を内側《うちがわ》から割《わ》ろうとしているのだった。

もうすぐだ。伝説《でんせつ》の鳥が生まれるんだ。

ぼくはわくわくしながら、卵《たまご》をじっと見続《みつづ》けていた。

くちばしは休み休み、少しずつからを割《わ》っていくので、じれったい。外から代《か》わりに割《わ》ってあげたいのを、じっとがまんした。

「たっくん。ご飯《はん》だって言ってるでしょ」

あやうく夕飯《ゆうはん》もわすれそうになって、ママを怒《おこ》らせた。ご飯《はん》を急《いそ》いでかきこみ、もどってくると、ケースの中ではヒナがちょうど卵《たまご》のからから頭を出したところだった。

「出た！　ヒナが出てきたよ」

急《いそ》いでケースをリビングに持《も》っていくと、パパとママとお姉《ねえ》ちゃんものぞきこんだ。

手のひらの半分くらいの大きさの、か弱そうなはだ色の体に、細い首。目はまだ閉《と》じられたままで、なにかを探《さが》すように頭をふっている。

「わあ、かわいい。ちっちゃい恐竜《きょうりゅう》みたい」

「でも本当に、あの卵《たまご》がかえるとはね」

「たっくん、よくがんばった!」

ぼくは家族《かぞく》の顔を見回しながら、うなずいた。胸《むね》がいっぱいになって、ちょっとうるっとした。

「ところで卵《たまご》からかえったヒナを、どうやって育《そだ》てるの?」

「えさは?」

ママとお姉《ねえ》ちゃんにたずねられて、

「ん? ええと」

こまったぼくはパパを見た。パパはパソコンを持ってきて、インターネットで調《しら》べようとした。

「うーん。オオハシのヒナのえさについてはわからないなあ」

「オオハシじゃないかもしれないよ」

「でも、姿《すがた》からいって、オオハシが一番近そうだろ」

「そうだわ。これ、いちおうスーパーで買っておいたんだけど」

ママがインコのヒナのえさを出してきたので、ためしに水で練《ね》ってさしだした。食べるのは食べたが、あまりすきではなさそうだ。

「こまったわね。いったい、だれに聞けばいいのかしら」

「ぼく、明日図書館《あしたとしょかん》で調《しら》べてくるよ」

次《つぎ》の日は土曜日だったので、ぼくは、朝一番で出かけた。市内の図書館《としょかん》をいくつも回ってみたけれど、オオハシの育《そだ》て方《かた》について書いてあるものは無《な》かった。

ぼくはがっかりして家に帰った。

「たっくん、お帰り」

ママが出てきて言った。

「動物園《どうぶつえん》に電話して、オオハシの飼育係《しいくがかり》の人に教えてもらったの。果物《くだもの》をすりつぶしてあげればいいみたい。バナナとかベリーとかマンゴーとか」

「そうなんだ！　よかった」

とうなずきかけて、ぼくは考えこんだ。

「でも、これ、本当にオオハシなのかなあ。卵《たまご》の色もちがったし」

「ねえ、たっくん、ママ。ちょっと見て」

お姉《ねえ》ちゃんがパソコンを持《も》ってきた。

「外国の検索《けんさく》サイトの、なんでも質問《しつもん》コーナーで、試《ため》しに質問《しつもん》してみたの。そうしたら、ある人から返信《へんしん》があって。ほら！」

画面《がめん》上の、お姉《ねえ》ちゃんが指《ゆび》さした部分《ぶぶん》を読んでみると……。

中南米の伝説《でんせつ》の鳥について
わたしの国でも、くちばしがピンク色のオオハシ、通称《つうしょう》「王さま鳥」の伝《でん》説《せつ》があって、言《い》い伝《つた》えがこんなわらべ歌になっています。
王さま鳥が生まれたら

海の星砂《ほしずな》を与《あた》えなさい
大きくなったら
森のくだものを与《あた》えなさい
じゅうぶん食べたら話しだすでしょう
わたしたちの言葉《ことば》を
そして、すてきな友だちになるでしょう
王さま鳥と　笑《わら》えば
王さま鳥と　歌えば
世《よ》の憂《う》さもわすれて　ラララララ

「星砂《ほしずな》だって⁉」

そんなの、どこへ行って買えばいいんだ？

「わたし、持《も》ってるよ！　友だちから沖縄《おきなわ》のおみやげだって、もらったんだ」

お姉《ねえ》ちゃんは、机《つくえ》の引き出しを探《さが》して、星砂《ほしずな》の小瓶《こびん》を持《も》ってきた。

「とりあえず、星砂《ほしずな》と果物《くだもの》、両方《りょうほう》混《ま》ぜてあげてみましょう」

ママがバナナを練《ね》って星砂《ほしずな》と混《ま》ぜ、ヨーグルト用のスプーンで、ヒナの口に運《はこ》んだ。ヒナはピンク色のくちばしを大きく開《あ》けて、ぱくぱくと、よく食べた。

「食べてるー」

「やったあ」

ぼくたちは、顔を見合わせて笑《わら》った。

「この子、まだ目が開《あ》かないね」

「うん。ママのこと、親鳥がえさをくれてると思ってるのかなあ」

パパものぞきこんできて、聞いた。

「名前はなににするんだ？」

「それはもう考えてあるんだ」

ぼくは、ほこらしげに言った。

「オオハシ・キング」

「えっ。なにそれ」

「だって王さまは英語《えいご》でキングでしょ。鳥のオオハシに似《に》てるし、うちも大《おお》橋《はし》家だから、オオハシ・キング」

「うーん。センスがいまいちじゃない？」

お姉《ねえ》ちゃんとママは苦笑《にがわら》いしたけど、パパだけは、

「まあ、いいじゃないか。オオハシ・キングで」

と賛成《さんせい》してくれた。

「でも、オオハシ・キングって、長いし、呼《よ》びにくいわよねえ」

「じゃあ、ふだんはキンちゃんって呼《よ》ぶよ。ねえ、キンちゃん」

ぼくが顔を近づけると、キンちゃんは、返事《へんじ》をするかのように、大きな口

を開《あ》けて鳴いた。

ギュワーッギュワーッ

上を向《む》いて必死《ひっし》に開《あ》けている口に、ぼくは何度《なんど》もえさを運《はこ》んでやった。ぼくがえさをやらなければ、キンちゃんは生きていけないんだ。責任重大《せきにんじゅうだい》だ。

それからのぼくは、毎日朝起《お》きるとえさをやり、学校が終《お》わると家に飛《と》んで帰って、夜まで三時間おきにえさをやった。ぼくが学校に行っている間は、ママにやってもらうようにした。ヒナにとって、ケースの中が寒《さむ》くないか、よごれてないかも気をつけなくちゃいけない。いそがしいけど、やりがいがあって、ぼくははりきっていた。

生まれてから二週間くらいたつと、灰色《はいいろ》っぽい羽毛が生えてきた。キュワーッキュワーッと、大きな口を開《あ》けて鳴くキンちゃんの様子《ようす》に、ママが目を細めた。

「つぶらな瞳《ひとみ》ねえ。羽毛が生えて鳥らしくなったわ」

最初《さいしょ》は開《あ》いていなかった目も、黒くぱっちりして、ほんとにかわいらしい。

ぼくはせっせと世話《せわ》をした。キンちゃんが生まれて四週間が過《す》ぎた。か細かった体は、だんだん肉づきがよくなってきて、青と白の羽が生えてきた。ケースから出すと、つばさをばたばたさせて、二十センチくらいの段差《だんさ》は飛《と》び乗《の》れるようになってきた。相変《あいか》わらず、えさをねだる時は激《はげ》しく鳴いて、スプーンからがつかつ食べている。

その日もぼくはキンちゃんのことを考えながら、学校の帰り道を急《いそ》いでいた。道で光太郎《こうたろう》くんと大樹《だいき》くんが、ふざけながら歩いている横《よこ》を、急《いそ》ぎ足《あし》で通りすぎようとした時、光太郎《こうたろう》くんがかかえている本が目に入った。

あっ、また鳥の本だ。

このあいだから、キンちゃんのことを、だれかに言いたくてたまらなかったぼくは、思わず光太郎《こうたろう》くんに話しかけた。

「あのね」

ぼくは足ぶみしながら言った。

「うちで鳥のヒナがかえったんだよ。世話《せわ》しなきゃいけないから、急《いそ》いで帰るところなんだ」

光太郎《こうたろう》くんは、急《きゅう》にぼくに話しかけられて、びっくりしたみたいだったけど、すぐに目をかがやかせた。

「そうなの？　ヒナ、ぼくにも見せて」

「拓真《たくま》くん。ぼくも見たい。君《きみ》んちに行っていい？」

となりにいた大樹《だいき》くんも言った。

「もちろん、いいよ！」

二人《ふたり》は家に帰ると、すぐうちに来た。ぼくが四年生になってから、友だちを家に呼《よ》ぶのは初《はじ》めてだった。キンちゃんの入ったケースを持《も》ってくると、

「わあ、ミニ恐竜《きょうりゅう》みたいだ。鳥のヒナって初《はじ》めて見た」

大樹《だいき》くんが言った。光太郎《こうたろう》くんはしげしげとキンちゃんを観察《かんさつ》して、言った。

「あっ、この鳥、どこかで見たことある気がするよ。たしか動物園《どうぶつえん》で」

ぼくは答えた。

「それ、オオハシのことでしょ？　似《に》てるけど、ちがう鳥みたいなんだ。オオハシは、くちばしが黄色で体が黒と白だけど、これはくちばしがピンクで、体は青と白になるんだ」

「オオハシの『突然変異《とつぜんへんい》』ってやつかな？」

「さあ、よくわからない。実《じつ》はこの鳥、中南米の伝説《でんせつ》の鳥らしいんだ。えさも変《か》わってて、星砂《ほしずな》と果物《くだもの》なんだ」

ぼくはヨーグルトスプーンでえさをやってみせ、二人《ふたり》にもやらせてあげた。

「拓真《たくま》くんは、鳥のことくわしいんだね。知らなかった」

大樹《だいき》くんが感心《かんしん》したように言うと、光太郎《こうたろう》くんもうなずいた。

「ぼくも鳥がすきなんだ。九官鳥《きゅうかんちょう》を飼《か》ってるんだよ」

「ああ、だから、いつも鳥の本をかかえてるんだね」

ぼくが言うと、

「えっ、見られてたんだ」

光太郎《こうたろう》くんは笑《わら》った。

「うちの九官鳥《きゅうかんちょう》は、ブラッキーって言うんだけど、言葉《ことば》をいろいろ覚《おぼ》えたんだよ。今度《こんど》、拓真《たくま》くんも見においでよ」

「うん。行く行く！」

見ると、お腹《なか》がいっぱいになったキンちゃんは、つぶらな目を半開《はんびら》きにしてうとうとしている。それもまたすごくかわいかった。

それからしばらくすると、キンちゃんはプラスチックケースを卒業《そつぎょう》し、リビングに置《お》いた鳥かごの床《ゆか》で寝起《ねお》きするようになった。

ある日ぼくはキンちゃんを手のひらに乗《の》せて、自分の顔の近くに寄《よ》せた。

キンちゃんは、ちょんちょん、とくちばしで軽《かる》くつついて甘《あま》えてくる。

「キンちゃん。おまえはキンちゃんだぞ」

するとどうだろう。キンちゃんが答えたのだ。

「タックン！」

「えっ」

これってぼくのこと？　まさかね。

「タックン！」

ぼくはえさを出してきて、同じ手のひらに乗《の》せてやった。キンちゃんは飛《と》びついておいしそうに食べて、なくなるとまた言った。

「タックン！」

もしかして、言葉《ことば》を話しだすのかな。こんなに早く……。

何日かたつとキンちゃんは、明らかに日本語の単語《たんご》を話しだした。

オオハシ・キングたんじょう

「タックン　コッチ」

大きな口を開《あ》け、つぶらな目を、キラキラさせてねだる。

「はいはい。行くよ」

ぼくがつぶやくと、リビングで後ろに立っていたママがぎょっとして、手に持《も》っていたせんたく物《もの》を取《と》り落《お》とした。

「たっくん、今、もしかしてキンちゃんと会話した？」

「うん。キンちゃん、本当に言葉《ことば》を話せるみたいなんだ」

「そういえば、『王、言葉《ことば》の力にて　人と鳥を結《むす》ぶ』だったかしら。伝説《でんせつ》によれば」

ママはせんたく物《もの》をひろい集《あつ》めながら、言った。

「まあ、オウムやインコもおしゃべりするし。口まねできる鳥って意外《いがい》と多いわよね」

でもその予想《よそう》は当たらなかったようだ。

「エサ　モットー」

「キンちゃん。さっきあげただろ」

「エサ。エサー」

「はいはい」

ぼくがえさを足してやると、がつがつ食べたキンちゃんは、しばらくすると、

「オナカ　イッパイ。アソボー」

と言ってくる。

「今宿題《しゅくだい》やってるから、あとでね」

と声をかけても、キンちゃんは聞かない。

「イマ　アソボー。イマ　アソボー」

えさ箱《ばこ》のさし入れ口の戸を、引き上げては落《お》とし、引き上げては落《お》として、ガタンガタンやっている。

「うるさいなあ」

ぼくがしぶしぶ鳥かごから出してやると、キンちゃんは、

「クビ。カユーイ」

と首を出して甘《あま》えてくる。指先《ゆびさき》でかいてやると、

「アリットー」

と気持《きも》ちよさそうだ。これはありがとうって言ってるんだろう。

キンちゃんとぼくのやりとりを、リビングでじーっと見ていたお姉《ねえ》ちゃんはさけんだ。

「やっぱりキンちゃん、本当に人間の言葉《ことば》がわかるのね」

夕飯《ゆうはん》前にビールで乾杯《かんぱい》しようとしていたパパとママは、手をとめて、目を丸くした。

「ええっ」

「そうなの？」

「だって見てよ。二人《ふたり》とも、ちゃんと会話してるもの」

ぼくは口をとがらせた。

「だから、こないだから言ってるじゃないか。キンちゃんは口まねじゃなくて、言葉《ことば》が理解《りかい》できるんだって」

するとパパが身《み》を乗《の》りだした。

「そいつは、すごい。たっくん、キンちゃんのこと、よく観察《かんさつ》して日記でもつけておけよ。将来《しょうらい》おまえは王さま鳥研究《けんきゅう》の第一人者《だいいちにんしゃ》になれるかもしれないぞ」

わははははっ、とパパが笑《わら》い、キンちゃんもまねして、クワハハハハッと笑《わら》った。

わがままキンちゃん

青と白の羽が生えそろったキンちゃんは、少しずつ飛《と》べるようになった。最初《さいしょ》は小さな段差《だんさ》をジャンプで降《お》りる程度《ていど》だったのが、今ではぼくが台所《だいどころ》でえさを作っていると、待《ま》ちきれず、ぼくの手元めがけてバタバタと飛《と》んでくる。鳥かごの中のとまり木にも、初《はじ》めはぐらぐらしながらやっとつかまっていたが、今はとまり木の上で寝《ね》られるようになった。

そしてなにより、キンちゃんの話す言葉《ことば》が、みるみる上達《じょうたつ》してきたのは、おどろきだった。

「タックン　ドコニイル？　タックン」

キンちゃんは、ぼくの姿《すがた》が見えないと不安《ふあん》になるのか、すぐに呼《よ》ぶ。

「はいはい」

家にいる時はすぐに飛《と》んでいってやれるけど、学校がある日は、そうもいかない。

「ドコ　イク？　イツ　カエル？　タックン」

不安《ふあん》そうにしているキンちゃんに、

「ぼくは学校に行くからね。でも三時半には帰るよ。ほら、時計《とけい》の短《みじか》い針《はり》が、三と四の間に来たらね」

と時計《とけい》に印《しるし》をつけて、出かけた。

学校にいる間も、ぼくはキンちゃんが気になって仕方《しかた》がなかった。授業《じゅぎょう》中も、ついまどの外の電線にとまっている、カラスや、ハトの方を見ていたりして、先生に怒《おこ》られた。でも、家でキンちゃんが、ぼくを一心に待《ま》っていると思うと、いてもたってもいられなかった。正直言って、学校のテストとか、発表《はっぴょう》とか、そんなことどうでもよかった。

キンちゃんに早く会いたくて、放課後《ほうかご》は飛《と》んで帰る。キンちゃんも、オカエリッと、大喜《おおよろこ》びでぼくをむかえてくれる。

「今日《きょう》はむし暑《あつ》いな。キンちゃん、水あびするか」

ぼくが、床《ゆか》にビニールシートをしき、水を入れたおけを置《お》いてやると、キンちゃんは、ひゅっと飛《と》びこんで、つばさを水にたたきつけるようにして水あびをする。

「うふふ。気持《きも》ちよさそう」

いつのまにか帰ってきたお姉《ねえ》ちゃんも、すぐそばに座《すわ》って見とれている。

キンちゃんはおけから出たあと、ぶるぶるっと身《み》ぶるいした。ビニールシートはびしゃびしゃだ。キンちゃんは思うように水が切れなかったらしく、ぼくの方に向《む》き直《なお》ると、

「フイテ！」

と言った。

「はいはい」

ぼくがタオルを持《も》ってきて、そっとふいてやっていると、お姉《ねえ》ちゃんが感《かん》心《しん》して言った。

「本当にめずらしい鳥だよね。こんなに話せる鳥がいるって知ったら、テレビとかインターネットの取《しゅ》材《ざい》が来るかもしれない」

「取《しゅ》材《ざい》なんてさせないよ。キンちゃんは意《い》外《がい》とおくびょうだから」

「いいじゃない。人《にん》気《き》者《もの》になるわよ。王さまの生《う》まれ変《か》わりっていう伝《でん》説《せつ》も、なんかかっこいいし」

「うん……でもキンちゃんを人前に出すのは、どうかなあ」

ぼくには気がかりなことがあった。

キンちゃんのわがままが、だんだんひどくなってきたのだ。

ぼくの顔を見ると、すぐに、

「エサ　エサ。チョウダイ」

とさわぎだす。同じえさ、例《たと》えばバナナが続《つづ》くとあきてしまって、

「バナナ　イラナイ。マンゴー　ブドウ　タベル」

「わかった、わかった。ママに買ってきてもらうから、今日《きょう》はがまんして」

「カッテ。ブドウ。マンゴー」

とかぶつぶつ言いながら、バナナを食べ終《お》わると、こうだ。

「タックン　カオ、フイテ。エサ　ツイタ」

よく見ると、バナナが、キンちゃんのほっぺたに、ぺったりついている。

仕方《しかた》なくティッシュでふいてやると、

「ソト。ソトデ　アソブ」

「はいはい」

鳥かごの戸を開《あ》けてやると、キンちゃんは出てきて、すかさず言う。

「タックン　トリカゴ　ソウジ」

「しき紙は昨日《きのう》取《と》りかえただろ」

「マイニチ　ソウジ」

「はいはい」

ぼくが新聞紙を取《と》りかえていると、お姉《ねえ》ちゃんがにやにやして、

「キンちゃんの言うなりになって、どっちが飼《か》い主《ぬし》なんだかね。あんたって将来《しょうらい》およめさんの尻《しり》にしかれるタイプよ」

などと、むかつくことを言う。

「だってこいつ、けっこう神経質《しんけいしつ》なんだよ」

「王さまだからねえ。わがままで当然《とうぜん》」

「うーん。ところでキンちゃんってオスなの？」

「さあ、オスかメスかわかんないけどさ」

「ワタシ　オス」

すかさずキンちゃんが答えたので、

「あはっ。じゃあ、ボクとかオレとか言わなきゃ」

「オレ　オレ」
「そうそう。あはは」
お姉《ねえ》ちゃんが笑《わら》った。でもお姉《ねえ》ちゃんが笑《わら》えたのは、このころまでだった。

昼間の間、ママも出かけてしまうと、キンちゃんはひとりぼっちになる。さびしがるので、テレビをつけっ放《ぱな》しにしておくことにした。すると、テレビ番組の日本語を、みるみるうちに覚《おぼ》えて、ぼくたちをびっくりさせた。

例《たと》えばドラマを見ていた日は、キンちゃんは、今はやりの話《はな》し言葉《ことば》をいっぱい覚《おぼ》えている。

お姉《ねえ》ちゃんが、ピアノで「エリーゼのために」をうっとりしながらひいていたある日、キンちゃんが言った。

「オネエチャンテバ　ピアノ、ヘタスギナイ？　モウ聞イテルノ、ツラインダケド。モット　練習《れんしゅう》シナイト、マジ　ヤバイヨ」

また別《べつ》の日には、長電話しているママに対《たい》し、こんなふうに言った。

「ママ、サワガシイデゴザル。オナゴノ　クダラヌ　オシャベリハ、聞クニタエマセヌナ。アチラノ　ヘヤニ　行キナサレ」

腹《はら》を立てたママは、ぼくをにらんだ。

「たっくん。キンちゃんになにを教えたの⁉」

「えーと、今日《きょう》は時代劇《じだいげき》を見てたのかな……」

「よけいな言葉《ことば》を覚《おぼ》えさせないでよっ」

パパは、

「わははは。キンちゃんの吸収力《きゅうしゅうりょく》はすばらしい」

と、お腹《なか》をかかえて笑《わら》ったけど、言われた本人たちはおもしろくない。お姉《ねえ》ちゃんが、

「キンちゃん、なまいき」

と言うと、ママも目を三角にしてうなずいた。

「そうよ。なんで鳥に命令《めいれい》されなきゃいけないのよ。だいたいえさを買ってくるのはママなのよ」

そして不満《ふまん》のほこ先は、ぼくに向《む》けられる。

「だいたい、たっくんのしつけが悪《わる》いから」

「そんなこと言われてもさあ」

「だいたいなによ。キンちゃん、わたしたちには文句《もんく》ばかりなのに、パパにはべったりじゃない」

たしかに、そうなのだ。今もソファでくつろいでいるパパの肩《かた》で、

「キュイッ」

なんて甘《あま》ったるい声を出して、くちばしをすりすりしている。ぼくには、あれやれ、これやれって言うくせに。パパは、

「かわいいなあ。鳥がこんなに人なつこいなんて思わなかった」

と目を細めている。

「なんだよ、キンちゃん。お世話《せわ》はぼくなのに、不公平《ふこうへい》だ」

ぶつぶつ言うぼくを、パパがなだめた。

「まあまあ、どのペットだって、心の中ではいろんなこと考えているんじゃないかな。言葉《ことば》に出して言えないだけで」

すると、お姉《ねえ》ちゃんが横《よこ》からかみついた。

「言わなくていいの。よけいなことをしゃべるペットなんて、かわいくないったら」

「そうよ。おしゃべりなんてしない方がいいわ」

ママも口を出した。

「まあそう言わずに。たかが鳥じゃないか」

「だいたいあなたは、キンちゃんの世話《せわ》なんてこれっぽっちもしないで、いいとこ取《ど》りで……子どものことだってそうよ。そう言えば二年前も……」

ママはそう言って、むかしのことまで引っぱりだしてきた。

「あーあ。うちの家族《かぞく》はこわいなあ。ママも結婚《けっこん》した時はおとなしくてかわいかったのに、今は……人のこと、言えないよなあ」

パパがキンちゃんに、こそっとつぶやいたので、

「なんですって？」

とうとう夫婦《ふうふ》げんかが始《はじ》まりそうになり、ぼくはあわててキンちゃんをかかえて、自分の部屋《へや》に避難《ひなん》した。

「パパト　ママ、マタ　ケンカダネ。アキナイネー」

「こらっ。もとはと言えば、おまえのせいじゃないか」

ぼくはどなったが、キンちゃんはしょげるどころか、目をキラキラさせている。悪《わる》い言葉《ことば》を話すと、みんなが怒《おこ》ったり、笑《わら》ったり、反応《はんのう》するとわかって、味《あじ》をしめたらしい。調子《ちょうし》に乗《の》って、どんどん使《つか》うようになってしまった。

「タックンタラ、マタ　家デ　ゴロゴロシテー　オカシバッカリ　食ベテー

コマッチャウワネー」

ママの口まねまでしてやがる。

「算数　チャント　勉強《べんきょう》シナイト、マタ　テストデ　ワルイ点　トッチャウカラネ」

ぼくもだんだん、いらいらしてきた。

「そうだ。キンちゃん。外に行くぞ、外に」

家の中に閉《と》じこもっていると、おたがいストレスがたまる。ぼくはお出かけ用の鳥かごにキンちゃんを入れて、外に出た。

近くの公園に行くと、光太郎《こうたろう》くんがベンチで本を読んでいるのが見えた。

「光太郎《こうたろう》くん。また鳥の本読んでるの？」

「あっ、拓真《たくま》くん。キンちゃん連《つ》れてきたんだね」

光太郎《こうたろう》くんは顔を上げた。

「うちの九官鳥《きゅうかんちょう》のブラッキーに、もっといろんな言葉《ことば》を覚《おぼ》えさせたいんだよね。ほら、これ見て」

光太郎《こうたろう》くんはスマホを出すと、ブラッキーがおしゃべりしている動画《どうが》を見せてくれた。

「自己紹介《じこしょうかい》シマス。ワタシハ　ブラッキー。ナミキ町《ちょう》ニ　コウタロウクンノ家族《かぞく》ト　スンデイマス……」

「すごいなあ。そんなに長い文章《ぶんしょう》を暗唱《あんしょう》できるんだね」

「うん。家族《かぞく》の口まねもするよ」

次《つぎ》の動画《どうが》を開《ひら》くと、ブラッキーは、

「モシモシ、佐々木《ささき》デゴザイマス。アラア、オ元気デシタカー？」

と金切り声でしゃべっていた。PTA《ピーティーエー》会長をやっている光太郎《こうたろう》くんのお母《かあ》さんの口調《くちょう》にそっくりだ。

それを聞いたキンちゃんが、急《きゅう》に口を開《ひら》いた。

「イヤダネー。ソンナノ　タイシタコトナイヨ」

光太郎《こうたろう》くんは、きょとんとした顔をして、キンちゃんを見つめた。

「キンちゃんは、もうそんなにしゃべれるの？　これ、だれが教えたの？」

「えーっと、それは」

ぼくがうろたえていると、

「ボクハ　マネジャナインダヨネー。言葉《ことば》ノ意味《いみ》　ワカルカラネー」

キンちゃんが続《つづ》けた。

「九官鳥《きゅうかんちょう》ハ　ロマネスルダケダヨネー。意味《いみ》ワカッテナイカラ、スゴクナイノニネー」

「えっ」

光太郎《こうたろう》くんはちょっとぽかんとして、それから顔をみるみる真《ま》っ赤《か》にした。

「ひどいこと言うね。こんな言葉《ことば》をキンちゃんが覚《おぼ》えてるってことは、拓真《たくま》くんが家で、そう言ってるってことだよね」

「ち、ちがうよ。これは」

「ほんと、むかつく」

説明《せつめい》しようとしたけど、光太郎《こうたろう》くんは立ちあがって走っていってしまった。

せっかく光太郎《こうたろう》くんと仲良《なかよ》くなれたと思ったのに……。ぼくはショックだった。キンちゃんのおしゃべりのせいで、みんなといやな感《かん》じになってしまう。

ぼくは家に帰ると、キンちゃんをテーブルに乗《の》せて、こんこんと言い聞かせた。

「あのさ、思ったことを全部《ぜんぶ》、そのまま言っちゃだめなんだよ。たとえ本当のことでも、みんな怒《おこ》っちゃうからさ。わかるかな？」

「タックン　ウルサイ。ハナシ　ナガイ。エサ　チョウダイ」

「ちゃんと聞けったら」

ぼくは思わずキーッとなって、テーブルをどん、とたたいた。キンちゃんは、ギャッと飛《と》びのいて、

「シュクダイ！　シュクダイ！　ギーッ」

とさけびながら、リビングを飛《と》びまわった。だめだ、こりゃ……。

おまけに、

「キンちゃん。そろそろかごにもどれ」

と言っても、

「ヤダ。モット　アソブ」

バサバサと食器《しょっき》だなの上に飛《と》んでいってしまった。

「おーい。降《お》りてこーい」

ぼくがさけんでも知らん顔だ。

「ちくしょう。最後《さいご》の手段《しゅだん》だ」

ぼくは納戸《なんど》から虫取《むしと》りあみを持《も》ってきて、追《お》いかけまわした。バタバタに

げまわるキンちゃんをリビングのすみに追《お》いつめ、なんとかつかまえて鳥かごに入れた。

「ふん、いい気味《きみ》だ」

と、せいせいしていると、キンちゃんはうらみがましく、ぼくを見ている。そこへお姉《ねえ》ちゃんが来た。

「これ、たっくんのじゃない？　向《む》こうに落《お》ちてたけど」

お姉《ねえ》ちゃんがボロボロになった本を持《も》ってきた。

「あぁーっ。ぼくのお気に入りのまんがが。おいっ、おまえがやったんだろう」

鳥かごの中のキンちゃんをにらむと、

「オタガイサマデス」

目を細めてふふん、という表情《ひょうじょう》をしているのが、超《ちょう》アタマにきた。

「もう許《ゆる》せん！」

まんがを鳥かごのそばに投《な》げつけた。

「タスケテー　コロサレルー」

ぎゃあぎゃあさわいでいるキンちゃんの声が聞こえないように、耳をふさぎながら、ぼくはソファに倒《たお》れこんだ。

「たっくんも大変《たいへん》ねえ。育児《いくじ》になやむ母親ってところね」

「こういう時、人間なら育児相談《いくじそうだん》まど口があるけど、鳥の場合、どうしたらいいのかしらね」

お姉《ねえ》ちゃんとママが、リビングでお茶を飲《の》みながらこんなことをしゃべっているのが聞こえて、ますます腹《はら》が立った。

「光太郎《こうたろう》くんのブラッキーみたいに、芸《げい》ができるくらいでちょうどいいのに。人間みたいにしゃべらない方が、よっぽどかわいいよ」

聞こえよがしに言ってみたけど、キンちゃんは目をつぶり、寝《ね》たふりをした。

まったく、人間と鳥たちの友好《ゆうこう》を深《ふか》めるなんて伝説《でんせつ》は、大うそじゃないか。

キンちゃんは、もういらない？

なやんだぼくは、その後帰ってきたパパに相談《そうだん》してみた。パパも、うーん、と考えこんでしまった。

「人間も動物《どうぶつ》も、社会の中で生きていくには、最低限《さいていげん》のマナーを知らなければだめだよね」

例《たと》えばマナーを知らない人は、周《まわ》りの人を不愉快《ふゆかい》な気持《きも》ちにさせるので、大切にされないし、さけられたりする。だから一番損《そん》をしてしまうのは、その人ということになるんだそうだ。たしかにその通りだろう。

次《つぎ》の日、ぼくははり紙を作って、キンちゃんのかごの前にはった。と言っても、キンちゃんは文字が読めないから、ぼくが最初《さいしょ》から読みあげた。

「〈キンちゃんの目標《もくひょう》〉ほかの人と楽しく暮《く》らせるように、マナーを覚《おぼ》えること」

これを聞くと、キンちゃんはすぐに言った。

「ボクハ　イツモ　タノシイデスヨ」

「おまえだけが楽しくてもだめなの。みんなが楽しくなきゃ」

「ミンナハ　ボクト　イッショニイテ、タノシク　ナイノ？」

「楽しい時もあるけど、楽しくない時も多いんだよ。キンちゃんにいやなこと言われると、一日いやな気分になる。言葉《ことば》ってストレートに心にひびくからね」

はっきり、そう言ってやると、キンちゃんもショックだったみたいで、うなだれた。

「じゃあ、これから毎日少しずつ教えていくからね。わかった？」

「ワカッタ」

しおらしい態度《たいど》。よしよし。

「まず、あいさつから。おはようございます」

「オハヨウゴザイマス」

「こんにちは」

「コンニチハ」

「こんばんは」

「モウ言エルヨ、ソンナコト。ギーッ」

「だからさあ、そういうふうに口答えしないの。人間はね、口を開《ひら》けばいちいち反論《はんろん》する鳥と、お話ししたいって思わないんだよ。人の話を素直《すなお》に聞いて、あいづちを打《う》てばいいんだ」

ぼくはパパの本だなから持《も》ってきた『上手《じょうず》な会話の仕方《しかた》』という本を片手《かたて》に、キンちゃんに言って聞かせた。

「アイヅチッテ?」

「じゃあ、教えるね。『なるほど、そうですか』」

「ナルホド、ソウデスカ」

「『知らなかった！』」

「シラナカッタ！」

「『すごいですねー　さすがだ』」

「スゴイ……サスガ……ファーア」

「こらっ、あくびしてないで、ちゃんと言いなさーい」

ぼくはキンちゃんに、なんとか正しいあいづちを教えこんだ。それができるようになると、今度《こんど》は、芸《げい》をいくつか教えた。

「ただいま」

お姉《ねえ》ちゃんの声がした。

「ほら、お姉《ねえ》ちゃんが帰ってきたぞ。さっそく試《ため》してみよう」

ぼくは、キンちゃんをリビングに連《つ》れていった。

「オネエチャン、オカエリナサイ」

「キンちゃん、ただいま。ああ、つかれた」

お姉《ねえ》ちゃんは制服《せいふく》のまま、ソファにどすんと座《すわ》った。

「ドウシテ　ツカレチャッタノ？」

「今日《きょう》はね、英語《えいご》のスピーチコンテストが学校であったのよ」

「ヘエ、ソウデスカ」

「みんなの前で、英語《えいご》でいっぱい話さなきゃいけないのよ。その前に原稿《げんこう》を書いたり、覚《おぼ》えたり、準備《じゅんび》も大変《たいへん》でね」

「シラナカッタ！」

「でも、なんとわたし、コンテストで3位《い》になったの」

「スゴイデスネ。サスガダ」

うまいこと、話がはずんでいるようだ。ぼくが口をはさんだ。

「お姉《ねえ》ちゃん、キンちゃんがおもしろい芸《げい》を覚《おぼ》えたんだよ」

「そうなの？　やって、やって」

ぼくがミニ輪投《わな》げセットをキンちゃんの前に置《お》くと、キンちゃんは、カラフルな輪《わ》っかを一つずつくちばしで棒《ぼう》にひっかけていく。

「すごいすごい」

お姉《ねえ》ちゃんが喜《よろこ》んだので、ぼくはうれしくなって、

「次《つぎ》はこれ。見てて」

ぼくが持《も》っている輪《わ》を、一つずつ投《な》げて、キンちゃんにキャッチさせた。

「じょうずー。キンちゃん、すごいじゃない」

ほめられて、キンちゃんもまんざらでもなさそうだ。

パパとママの前でも芸《げい》をひろうすると、とても感心された。みんなにこにこして、家が明るい雰囲気《ふんいき》になったので、ぼくはやりがいを見つけたような気がした。

次《つぎ》は、光太郎《こうたろう》くんと仲直《なかなお》りしようと思った。そこで、次《つぎ》の日学校から帰っ

てくると、キンちゃんの前にキーボードを持《も》ってきた。

「今日《きょう》は歌のレッスンだよ。ぼくが作った曲《きょく》に、キンちゃんがその場で歌詞《かし》をつけて歌うんだ。これには光太郎《こうたろう》くんも、感心《かんしん》すると思うよ」

ところが、キンちゃんは鳥かごのすみに座《すわ》ったまま動《うご》かない。

「ヤダ。歌スキジャナイ」

「うそつけ。いつもおまえのすきなグループの歌、くりかえしかけてやってるじゃないか」

「聞クノハスキ。デモ歌ウノキライ」

「そんなこと言わないで。光太郎《こうたろう》くんを今度《こんど》こそ、あっと言わせよう」

「フン。ソンナノハ、ブラッキーガ　ヤレバイイ」

「だからさあ、おまえはちゃんと言葉《ことば》を話せるのに、ぼくの口まねしてるなんて誤解《ごかい》させたままでいいの？　くやしくないのかい？」

キンちゃんは、ぼくをちらっと見た。白けた目だ。

「ナイ。クヤシイノハ　タックンデショ」

くーっ。

キンちゃんの言う通りだった。でも、どうしても光太郎《こうたろう》くんを、あっと言わせたかった。それで、

「お願《ねが》い、この通り」

と、キンちゃんにぺこぺこ頭を下げて、光太郎《こうたろう》くんの家にいっしょに行ってもらった。

キンちゃんが、会うなり例《れい》のあいさつとあいづちを連発《れんぱつ》したら、光太郎《こうたろう》くんはすっかり機嫌《きげん》を直して、手をたたいた。

「キンちゃんによく覚《おぼ》えさせたね。拓真《たくま》くん」

するとキンちゃんはすかさず言った。

「ボクハ　オボエルダケジャナクテ、言葉《ことば》ノ意味《いみ》ヲ　リカイシテマスヨ。ダカラ　人間ト　本当ニ　オシャベリ　デキルンダ」

「へえー。じゃあ、拓真《たくま》くんは家にいても退屈《たいくつ》しないだろうね」

「シナイト思ウヨ。トキドキ　ボクト　ケンカモ　スルケドネ。クワハハハ」

光太郎《こうたろう》くんは目を丸くして、

「拓真《たくま》くんは、すごい鳥を育《そだ》ててるんだね。さ、家に入ってブラッキーと遊《あそ》ばせようよ」

と家の中に招《まね》き入れてくれた。そして、ぼくたちをリビングに通すと、ブラッキーを連《つ》れてきた。ぼくにはおかし、キンちゃんにはバナナのおやつまで出してくれた。

「ありがとう。キンちゃんは果物《くだもの》が大すきなんだ」

「ほんと？　ブラッキーもだよ。だからいつもお母《かあ》さんに欠《か》かさず買っておいてもらうんだ」

「うちも、うちも」

ぼくはおかしを食べながら、光太郎《こうたろう》くんの家の中を見回した。壁《かべ》にはブラッキーの写真《しゃしん》がいっぱい飾《かざ》ってあって、ブラッキーはすっかり家族《かぞく》の一員《いちいん》みたいだった。

その時、ギャー、ウェーッと、耳をつんざくような鳥たちのさけび声があがった。見ると、キンちゃんとブラッキーがくちばしで突《つ》っついたり、体当たりしたり、大げんかをしている。

「キンちゃん、なにしてるの」

「ブラッキー、やめろっ」

ぼくはあわててキンちゃんを鳥かごに入れ、光太郎《こうたろう》くんがブラッキーを取《と》りおさえた。

「だめだよ、キンちゃん」

「ブラッキー、なんてことするんだ。ひどいぞ」

ぼくたちは叱《しか》ったけど、鳥たちはまだギャーギャーと、おたがいさけび続《つづ》けている。

「なんだ。せっかく二羽《わ》をいっしょに遊《あそ》ばせようと思ったのに」

光太郎《こうたろう》くんは、がっかりした顔になった。

「ごめん。ぼくたち帰るよ」

ぼくは光太郎《こうたろう》くんの家を出ると、キンちゃんに怒《いか》りをぶつけた。

「せっかく光太郎《こうたろう》くんと仲直《なかなお》りできそうだったのに、どうしてブラッキーと仲良《なかよ》くできないいんだよ」

「タックンコソ　鳥ノコト　勉強《べんきょう》シナサイヨ」

キンちゃんは言い返《かえ》してきた。

「ブラッキーハ　自分ノ　ナワバリニ　ボクガ　入ッタカラ　オコッタンダ。ブラッキーハ　悪《わる》クナイ。光太郎《こうたろう》クント　タックンガ　悪《わる》イ」

ぼくは言葉《ことば》につまった。

「ふん！　かわいくないなあ。おまえは」

ぼくは家に帰って、リビングにキンちゃんの鳥かごを置《お》くと、自分の部屋《へや》に入ってドアをぴしゃりと閉《し》めた。

最初《さいしょ》はむかむかしていたけど、時間がたつにつれ、キンちゃんが正しいと思い始《はじ》めた。

ぼくは飼《か》い主《ぬし》なんだから、ちゃんと鳥のことを勉強《べんきょう》しなけりゃいけないんだ。キンちゃんが自分からなんでもしゃべるから、それに甘《あま》えて、これまであまり勉強《べんきょう》していなかった。

ふうっ、とためいきが出た。

鳥を飼《か》うって、いろいろ難《むずか》しいことも多いな。キンちゃんのことを知るにはどうしたらいいんだろう。人の言葉《ことば》を話す鳥なんて、やっぱりほかにはいない。キンちゃんは特別《とくべつ》な鳥だ。

その時、あの「ほりだしもの屋《や》」のおじさんを思い出した。キンちゃんの卵《たまご》は、そもそもおじさんが旅行《りょこう》した国のものなんだから、もしかして、なにか知っているかもしれない。

次《つぎ》の日は土曜日だったから、朝一番でお店に行ってみた。

お店は開《あ》いていたけど、おじさんの姿《すがた》は見えない。

「すみませーん」

と何回も呼《よ》んだら、やっと奥《おく》からおじさんが、トレーナーの上下を着《き》て、髪《かみ》ぼさぼさのまま出てきた。

「ああ、ごめん、ごめん。どうせ午前中はお客《きゃく》が来ないだろうって思って、だらだらしてたんだ。で、どうしたの？　もしかして、あの高いオオハシの置《お》き物《もの》、買う気になった？」

「いいえ、ちがうんです。実《じつ》は、こないだ買ったきんちゃくぶくろに、これくらいの卵《たまご》が入っていて……」

ぼくは説明《せつめい》した。卵《たまご》が運《うん》よくかえって、キンちゃんは元気に育《そだ》っている。どんどん言葉《ことば》も覚《おぼ》えてきているけど、口が悪《わる》くて、しつけの仕方《しかた》がわからないので、おじさんになにか知ってるか、聞こうと思った、と。

おじさんは、だんだん顔がまじめになってきた。

「ちょっと、そこのソファに座《すわ》って、待《ま》っててな。今飲《の》み物《もの》持《も》ってきてやるよ。コーヒーでいい？　あ、子どもは飲《の》まないか」

「牛乳《ぎゅうにゅう》いっぱい入れたら、飲《の》めます」

「そうか」

おじさんは奥《おく》に引っこむと、マグカップを二つ持《も》ってきて、一つをぼくの前に置《お》いた。

「はい、カフェオレ。牛乳《ぎゅうにゅう》と砂糖《さとう》たっぷり」

「ありがとうございます」

おじさんは立ったまま、ひとくちコーヒーをすすると、ぼくの前のソファに、どしんと腰《こし》を下ろした。

「それで、さっきの鳥の話だけど。ほんとに卵《たまご》からかえったのか？　オオハシに似《に》た鳥で、くちばしがピンクで体が青と白の」

「そうです」

「信《しん》じられない。そいつは」

おじさんはひたいに右手を当てた。

「そいつは、中南米の、人の言葉《ことば》を理解《りかい》して話すという、伝説《でんせつ》の鳥だ。おじさんも鳥がすきだから、よく覚《おぼ》えてる。旅先《たびさき》で、その鳥の話をたくさんの人に聞いたんだ」

「知ってます。ぼくもインターネットで調《しら》べました」

「ああ。でも、その時はおもしろい作り話だと思って聞いていたんだ。日本でもあるだろ。つるが恩返《おんがえ》ししたりさ。だからまさか、この世《よ》に本当にいるとはな。しかも、生みたてじゃなくて、日本に持《も》ってきた卵《たまご》がかえるなんて。おい、本当にうそじゃないんだろうな」

「うそじゃないんです。あとで連《つ》れてきてもいいですよ」

キンちゃんは、もういらない？

「そうか。ごめん、うたがって。それでなにが聞きたいんだ？　おれに」

「おじさんなら、キンちゃんの飼《か》い方《かた》のヒントになることを知ってるんじゃないかと思ったんです」

ぼくはわけを話した。キンちゃんは最初《さいしょ》は家族《かぞく》や友だちの人気者《にんきもの》だったことと、だんだんおしゃべりがなまいきになってきて、みんなにいやがられ始《はじ》めたこと……。

おじさんはうなずきながら聞いていたが、なんとなくおもしろがっているように見えた。なぜかと言うと、目が笑《わら》っていたからだ。

他人事《たにんごと》だと思って、楽しんでるのかな？

ぼくがむっとして、話をやめると、おじさんは、ぼくから天井《てんじょう》に目を移《うつ》して、ソファの背《せ》もたれにそっくり返《かえ》るように座《すわ》り直した。

なにか考え事《かんがごと》をしているようだった。おじさんはしばらくして、やっと口を開《ひら》いた。

「つまり、こういうことだな」

静《しず》かな口調《くちょう》だった。

「さいしょはキンちゃんが、なにも言わないからかわいかった。でも、だんだんキンちゃんが主張《しゅちょう》を始《はじ》めたら、みんなおもしろくなくなった。鳥語ならこちらはわからないけど、人間の言葉《ことば》だから無視《むし》もできない」

「そうなんですよ。えさが少ないとか、鳥かごがきたないとか、文句《もんく》を言うし、ぼくたち家族《かぞく》の生活を見て、ああした方がいいとか、こうしなさいとか」

「なんで、みんなが不機嫌《ふきげん》になったのか、考えてみたか?」

「キンちゃんがなまいきだからでしょ」

「ぼうずたち、いや、君《きみ》たちは、単《たん》なるおもちゃがほしかったんだよ。すきな時に相手《あいて》をして、かごから出してなでたり、一方的《いっぽうてき》に話しかけたりできて、でもいそがしい時は放《ほう》っておいても、文句《もんく》を言わないようなな」

「別《べつ》にそういうわけじゃ……」

「でも成長《せいちょう》したキンちゃんは、もはや飼《か》い主《ぬし》が期待《きたい》するような、素直《すなお》にこちらの言うことをきく、ただのペットではない。鳥が自分と対等《たいとう》か、時には立場が上になっているような気がして、みんなはあせりを感《かん》じたんだ。まるで王さまと家来《けらい》が逆転《ぎゃくてん》したみたいに」

ぼくはだまったまま、しぶい顔でうなずいた。

「そこで、君《きみ》は考えている。もうこんななまいきな鳥はいらない。人間にとって都合《つごう》の悪《わる》いペットなんて、わざわざえさをやって飼《か》っておく価値《かち》もない」

「そんなこと考えてないよ！　ちゃんと飼《か》うためのアドバイスがほしいと思ったから、ここに来たんだ」

ぼくが思わず言い返《かえ》すと、おじさんは笑《え》みをうかべたまま、席《せき》を立って、コーヒーのおかわりをしにいった。もどってきた時には、手にクッキーを二枚《まい》持《も》っていてぼくにくれた。これも変《か》わったクッキーなのかと思ったら、スーパーにあるようなふつうのやつだった。おじさんはまたソファに腰《こし》を下ろした。

「おれは、むかし子育てをしたんだけど、子どもってやつもキンちゃんといっしょでね。最初《さいしょ》は、よちよち歩いたり、たどたどしくしゃべったり、ねむそうに食べたり、全《すべ》てかわいい。でもだんだん大きくなると、むきになって口とがらせて、言い返《かえ》してきたりするんだ。ちょうど今の君《きみ》みたいに」

おじさんには子どもがいるんだ。なんか意外《いがい》。小さな子どもとか、すきじゃないのかと思った。

ぶっきらぼうなおじさんの印象《いんしょう》が少し変《か》わって、ぼくはさらに聞いてみた。

「おじさんは、そうやってなまいきになった子どもをいやだなあと思わなかった？」

「そうだな。こりゃ、めんどくさくなってきたな、とは思ったね」

おじさんは腕組《うでぐ》みをして、ひとりうなずいている。

「でも、すごいなあとも思ったよね。だってさ、最初《さいしょ》は寝《ね》て泣《な》いてるだけだったやつが、立って歩いて、しゃべるようになってさ。自分でいろいろ考えたりしてさ。だんだん自分みたいな大人《おとな》に近づいてくるわけでしょ。これってすごくない？　だれもそいつにゲームソフトとか入れてないのに」

「ゲームソフトか。たしかに入れてない」

ぼくは、くすっと笑《わら》った。

「でもおれがそんなふうに、おおらかに受《う》けとめられたのは、子どもが大きくなるにつれて、たぶんそうなるだろうって、予想《よそう》していたからだろうな。君《きみ》は、想像《そうぞう》してた鳥の姿《すがた》と、キンちゃんが大きくちがってたから、とまどってるのかもしれない」

「うん。そうかも」

ぼくは、鳥の世話《せわ》っていうのは、えさやりとそうじくらいだと思ってた。

それに正直言って、人間より頭もよくないと思ってた。そんな鳥のイメージを、キンちゃんはかるーくこえてしまった。もう、『鳥の飼《か》い方《かた》』とか『鳥のしつけ方』の本には、やり方がのってないんだ。

「いいアドバイスかわかんないけどさ。キンちゃんを自分の想像《そうぞう》したわくに当てはめないで、『どこまでかしこくなるんだろう、楽しみだな』って目で見てたらどうかな？」

「でも、でも……できるかなあ。ぼくだって、まだ子どもだし、自信《じしん》が無《な》いよ」

不安《ふあん》そうなぼくを見て、

「君《きみ》もキンちゃんも、子どもだ。子どもだからいいのさ」

おじさんは言った。

「子どもは大人《おとな》みたいに頭がかたくない。それに子どもっていうのは、自分がなりたいと思う方向《ほうこう》に、成長《せいちょう》できるからね」

「なりたいと思う方向《ほうこう》？」

「つまりさ、君《きみ》がキンちゃんと、キンちゃんが君《きみ》と、心から仲良《なかよ》くしていきたいって思ったら、いくらでもそうなれるってことさ。人間同士《どうし》だって、人間と鳥だって同じことだろ」

「うん。大変《たいへん》そうだけどね」

「大変《たいへん》だけど、育《そだ》てがいがありそうだよ。言葉《ことば》を本当の意味《いみ》で話せる鳥なんて、すばらしいじゃないか。本当の友だち、本当の家族《かぞく》にだってなれるんじゃないのかい」

キンちゃんがぼくの本当の友だちになる。

家族《かぞく》になる。

そんな日が来るんだろうか。

「そうだね。ぼく、がんばってみようかな」

ぼくは、はげましてくれたおじさんにお礼《れい》を言って、お店を出た。

帰り道、とぼとぼ歩いていると、道路《どうろ》わきの公園では、だれも乗《の》っていないブランコが風にゆれている。ぼくは、ふう、とためいきをついた。

さっき、がんばるって言ったけど、どうすればいいのかなあ。たしかにおじさんが言う通り、ぼくが勝手《かって》に想像《そうぞう》したわくに、キンちゃんを当てはめちゃいけない。でも……。

不機嫌《ふきげん》そうなママや、お姉《ねえ》ちゃん、こまった顔の光太郎《こうたろう》くんが目にうかんだ。ぼくはほかの人とキンちゃんの間に入って、ずっとなやまなきゃいけないんだろうか。

家に帰ると、さっそくキンちゃんが声をかけてきた。

「オソイヨ。ドコデ道草クッテタノ？　ボク　タイクツ。サア遊《あそ》ンデヨ」

それを聞いたとたん、急《きゅう》に怒《いか》りがわいた。

「おまえはそういうこと言うけどさ、ぼくだって、友だちと遊《あそ》びたいんだよ！　光太郎《こうたろう》くんとの仲《なか》も、キンちゃんが悪《わる》くしたんじゃないか」

ぼくはそうさけぶと、自分の部屋《へや》に行ってドアを閉《し》めた。

ああ、こんな八《や》つ当《あ》たりして。ぼくは飼《か》い主失格《ぬししっかく》だ。

すっかり気が重《おも》くなった。

それからのぼくは、前みたいにキンちゃんを気安《きやす》くからかったり、言葉《ことば》を覚《おぼ》えさせたりできなくなってしまった。

キンちゃんはといえば、ぼくを見ると、これまで通りちょっかいを出してくる。

「オイ、タックン。シケタ顔シテルナ。相手《あいて》シテヤロウカ」

だけどぼくはそれを聞いても、いちいち怒《おこ》ったり、言い返《かえ》したり、鳥かごから出してやって、肩《かた》に乗《の》せたりしなかった。キンちゃんをがんばって飼《か》わなきゃ、ちゃんとしつけなきゃと思えば思うほど、めんどうになった。でも、そうじやえさやりなどの世話《せわ》はちゃんとしているし、ぼくだっていそがしいんだからと、自分に言いわけをしていたんだ。

キンちゃんの異変《いへん》

二週間ほどたったころ、お姉《ねえ》ちゃんが言った。

「最近《さいきん》あんまりおしゃべりしないと思わない？」

「なにが？」

「キンちゃんに決《き》まってるじゃない」

「そうかな」

「そうよ。前はうるさいくらいにぺっちゃくちゃ、しゃべってたじゃないの。最近《さいきん》は話しかけても答えないこともあるよ」

「えっ。もしかして病気《びょうき》かな」

ぼくはあわてて鳥かごに近寄《ちかよ》った。キンちゃんはこちらに背中《せなか》を見せて、ひなたぼっこをしていた。

「あっ」

ぼくは思わず口に手を当てた。

「はげてる……」

つばさのつけ根《ね》のあたりの羽がぬけて、ぽっかり地肌《じはだ》が見えている。

「どれどれ」

近寄《ちかよ》ってきたお姉《ねえ》ちゃんは、キンちゃんを観察《かんさつ》して、まゆをしかめた。

「こりゃ、ストレスだわね。自分でぬいちゃったのよ」

「まさか！」

「きっとそうよ。友だちが旅行《りょこう》に出かけたら、家で飼《か》ってるインコがさびしがって羽をぬいたって聞いたもの」

「さびしがって……。そうなのか？　キンちゃん」

ぼくは話しかけたが、キンちゃんは、ついっと顔をそらして、聞こえないふりをした。

ごめんね、ごめん。

ぼくはたまらなくなって、鳥かごの戸を開《あ》けた。

「キンちゃん、おいで」

するとキンちゃんは、さっと飛《と》び立って、ぼくの肩《かた》にはとまらずに、リビングのまどべにとまった。

あっ。

見るとまどが開《あ》いていた。いつもはちゃんと閉《し》まっているか確認《かくにん》しているのに、うっかりしていた。

「待《ま》て、キンちゃん。そっちに行っちゃいけない」

と言う間もなく、キンちゃんは、飛《と》び立って、バサバサバサ。

外に飛《と》んでいってしまった！

「キンちゃーん。行くなー」

ぼくがまどから身《み》を乗《の》り出すと、キンちゃんはうちから一番近い電柱《でんちゅう》の電線にとまって、きょろきょろしている。飛《と》んでいったものの、自分でも外にいることにびっくりしているようだった。

「おーい。もどってこーい」

ぼくは声を限《かぎ》りにさけんだ。

そこへ、チュンチュン。一羽《わ》のスズメが飛《と》んできて、興味《きょうみ》しんしんでキンちゃんに近づいていく。

チュンチュンチュン。

まるで「あっちへ遊《あそ》びにいかないか？」とさそってでもいるかのようだ。

だめだ、遠くへ行ったら迷子《まいご》になっちゃう。

ぼくのあせりをよそに、キンちゃんはうれしそうに、クイッと鳴いて、首を上下させた。

チュンチュンチュン。クイクイッ。

チュンチュンチュン。クイクイッ。

二羽《わ》の会話が続《つづ》いた。

もうだめだ。ついていっちゃう。

と思った時、一羽《わ》の別《べつ》のスズメが飛《と》んできた。すると、スズメたちは、キンちゃんのことを置《お》いて、チュンチュン、と言いながらどこかへ飛《と》んでいってしまった。やっぱり自分とちがう種類《しゅるい》だから、話が合わないと思ったのか、あとから来たスズメが、やきもちをやいたのか。

ほっとしたのもつかの間、今度《こんど》はキンちゃんが、ぱっと飛《と》び立って、近くの家のバルコニーの手すりにとまった。

これ以上《いじょう》遠くに行ったら、取《と》り返《かえ》しがつかないぞ。

ぼくは急《いそ》いでバナナを持《も》つと、外に走り出た。

「おーい。おいしいえさがあるぞ。こっちへ来い」

屋根《やね》の下でバナナをふったが、聞こえているのかいないのか、キンちゃんは見向《みむ》きもしない。

「キンちゃーん」

　すると近くで電気工事《こうじ》をしていたおじさんが近づいてきて、

「すごいなあ。ぼうや、鳥を放《はな》し飼《が》いにしてるのか？」

　そんなわけないでしょ！

　ぼくがむっとしていると、となりにいたもう一人《ひとり》のおじさんが口を出した。

「にげちゃったんだろ。飼《か》い鳥《どり》が迷子《まいご》になると大変《たいへん》だよ。自分でえさを見つけられないと、数日で死《し》んじゃうぞ」

「ええっ？　数日で」

　ぼくは、屋根《やね》の上で気持《きも》ちよさそうに、クイックイッと鳴いているキンちゃんを見つめた。そして急《いそ》いでおじさんに頼《たの》んだ。

「あの、おじさんのはしごを貸《か》してもらえませんか」

「はしごを？」

「この家のバルコニーに立てかけて、のぼってキンちゃんを呼《よ》びたいんです」

「おじさんが、代《か》わりにのぼってやろうか」

「ううん。ぼくじゃないと、こわがってにげちゃうかもしれないから」

「わかった。じゃあおじさんが、下ではしごをおさえててやっからな」

「ありがとうございます」

というわけで、ぼくはその家に立てかけた、高い高ーいはしごをのぼることになった。おじさんには言わなかったけど、実《じつ》はぼくは高い所《ところ》が苦手なんだ。

でも、仕方《しかた》ない。キンちゃんのためだ。

ぼくは、のぼり始《はじ》めた。ギシッギシッ。ひと足ごとに高くなっていく。背《せ》中《なか》に冷《ひ》や汗《あせ》が流《なが》れた。

下を見ちゃ、だめだぞ。

自分に言い聞かせながら、ぼくはバルコニーに近づいていった。むかいのアパートで、洗濯物《せんたくもの》を取《と》りこんでいたおばさんが、びっくりした顔で見ている。

ここから落《お》ちたら死《し》ぬだろうか。いやいや、そんなこと考えちゃだめだ。

やっとキンちゃんに、ふれられそうなところまで来た。

「キンちゃん、ぼくだよ。おいで」

すると、

「クイッ」

キンちゃんは、ぱっと飛《と》び立って、ぼくの家の屋根《やね》をこえ、姿《すがた》を消《け》してしまった。

「行っちゃった……もうだめだ」

ショックでふるえる手ではしごをつかみながら、ぼくはやっとのことで下

におりた。

「ぼうや、あとちょっとだったのに、残念《ざんねん》だったな」

「町に、探《さが》し鳥《どり》のはり紙でもしてみるか？」

ぼくはなみだをこらえながら、おじさんたちにはしごを返《かえ》した。そして、家に入ってからも、まだぼうぜんとしていた。

キンちゃんがいなくなっちゃった！　これは神《かみ》さまのばちが当たったんだろうか。ぼくがちゃんと世話《せわ》をしなかったから。ちゃんとかわいがってあげなかったから。ぼくが……。

リビングのソファでうずくまっていると、
ピンポーン
インターホンが鳴った。

宅配便《たくはいびん》かな、まずい。こんな顔ではずかしい。

あわててTシャツのそででなみだをふきながら、はーい、とインターホンに出ると、なんと外にいたのは光太郎《こうたろう》くんだった。

ぼくはあわてて走って行って、玄関《げんかん》のドアを開《あ》けた。

「やあ、拓真《たくま》くん。元気？」

「どうしたの？　急《きゅう》に」

「フフフ。これ、拓真《たくま》くんにプレゼント」

光太郎《こうたろう》くんがバッグをぼくの目の前にさし出すと、その中から、ぴょこん、と顔を出したのは……。

「キンちゃん！」

「タダイマー」

ああ、よかった。キンちゃんが帰ってきた！

「でも、でもどうして光太郎《こうたろう》くんが？」

「びっくりしたよ。うちのインターホンが鳴ったんで、画面《がめん》を見たら、キンちゃんの顔のどアップが映《うつ》っててさ。急《いそ》いで玄関《げんかん》に出たら、こう言うんだ。

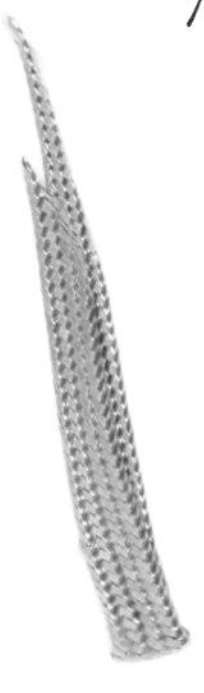

『先日ハ　失礼《しつれい》シマシタ。タックンハ　光太郎《こうたろう》クント　ナカヨクシタインデス。コレカラモ　ドウゾ　ヨロシク』。すごい礼儀《れいぎ》正しいよね。あははは」

ぼくは顔を赤くした。

「そうなんだ。てっきりキンちゃん、にげちゃったんだと思ったよ。でも光《こう》太郎《たろう》くんちの場所《ばしょ》、よく覚《おぼ》えてたなあ」

キンちゃんはすかさず言った。

「ボク、方向感覚《ほうこうかんかく》　スゴクヨイデスカラ」

光太郎《こうたろう》くんがふきだした。

「キンちゃんと、ここに来る途中《とちゅう》おしゃべりしたけど、すっごくおもしろくて。拓真《たくま》くん、またキンちゃんと遊《あそ》びにおいでよね。ブラッキーとは、少しずつ会わせて慣《な》れさせよう」

「うん！　連《つ》れてきてくれてありがとうね」

光太郎《こうたろう》くんが帰ったあと、キンちゃんをリビングに連《つ》れていった。キンちゃんはつかれたのか、ぼくの腕《うで》の中でうとうとしていた。キンちゃんの体は温《あたた》かくて、ふわふわだった。

「ぼくと光太郎《こうたろう》くんを仲直《なかなお》りさせに、飛《と》んでいったの？」

と聞くと、キンちゃんはちょっと目を開《あ》けて、

「マアネ」

と言った。

「ありがとう。でも、もう飛《と》んでいかないでね」

「ドウシテ？」

「遠くに行っちゃだめだよ」

「ダカラ　ドウシテ？」

キンちゃんは首をかしげながら、黒い瞳《ひとみ》でぼくを見つめた。

「だって、ぼくにはつばさが無《な》いから、追《お》いつけないし、会えなくなったら、キンちゃんにえさもやれない。そしたらキンちゃんは……死《し》んじゃうか

もしれないでしょ」

「ワカッタ。デモ」

キンちゃんは、きょとんとした。

「でも？」

「タックン、ドウシテ　ナイテイル？」

それは……。ぼくはあわてて顔をこすった。

「さっきはもうキンちゃんに会えないと思ったんだ。それを思い出した」

「アエナイト　ドウシテ　ナクノ？」

「悲《かな》しいからさ。キンちゃんは、ぼくの家族《かぞく》で、友だちなんだから」

「フーン、ソウカ。ボク、タックンノ家族《かぞく》。トモダチ」

キンちゃんは両方《りょうほう》のつばさを広げて、わさっ、とのびをした。それは、キンちゃんがうれしい時にするしぐさだった。

キンちゃんとの仲直《なかなお》り計画

キンちゃんは、ぼくとまたコミュニケーションを取《と》るようになったが、まだ少しよそよそしかった。ていねいだけど、あたりさわりのないことしか言わないキンちゃんに、ぼくはさびしい気持《きも》ちになった。どうしたらキンちゃんとまた仲良《なかよ》くなれるのかな。

ヒントを探《さが》しに図書館《としょかん》に行ってみることにした。鳥といっても、インコや文鳥などの本しかなかったけど、とりあえずインコの本をぱらぱらめくってみた。

「『インコと遊《あそ》ぼう、インコのすきなおもちゃを作ろう』なるほど。これはいいかも」

ぼくはさっそく家に帰って、手作りおもちゃを作りだした。おし入れの中の、ごちゃごちゃした宝箱《たからばこ》を開《あ》けると、むかし浜辺《はまべ》でひろってきた貝殻《かいがら》や、親せきの大工さんの仕事場《しごとば》に落《お》ちていた木の切れっぱしや、大きめのボタンや、キラキラ光るビーズなどが入っている。

ぼくは木切れにきりで穴《あな》を空《あ》け、いろんなビーズと組み合わせてひもを通した。さあ、キンちゃんのブランコのできあがり！

ぼくがブランコを鳥かごの中につけ始《はじ》めると、キンちゃんはそばでしげしげと見ている。

「さあ、できたよ。乗《の》ってごらん」

「コレ、ナニ？」

「ブランコだよ」

「……」

ぼくがゆらしてみても、キンちゃんはうさんくさそうにじっと見ているだけだ。

「乗《の》ってみろったら」

「フン」

待《ま》っていてもなかなか乗《の》ろうとしないので、ぼくはあきらめて自分の部屋《へや》に宿題《しゅくだい》をやりにいった。

「せっかく作ってあげたのに、つまんないやつ」

ところが、しばらくしてかいだんをおりていくと、リビングからギッシギッシという音が聞こえてくる。もしかして……。

こっそりのぞきにいくと、キンちゃんはブランコにぶらさがって、すごいスピードでぶんぶんゆれていた。笑《わら》っている……のかはわからないけど、目がらんらんとして、あほみたいに口も開《あ》けている。楽しんでいるのはよくわかった。

乗《の》るのにあきると、今度《こんど》はとまり木にとまって、ブランコについているボタンやビーズをつつきだした。もどってくるブランコを、くちばしでパンチ、パンチ、パンチ！　まるでボクサーの練習風景《れんしゅうふうけい》みたいだ。

「どう、楽しんでる？」

ぼくがリビングに入っていくと、キンちゃんは、ぱっと遊《あそ》ぶのをやめて、はずかしそうにこちらを見た。

「おもしろい？」

聞くと、もじもじしながら、

「ウン」

と一言。

やった！　一歩前進《ぜんしん》かな？

次《つぎ》は牛乳《ぎゅうにゅう》のパックとティッシュ箱《ばこ》で、新しい輪投《わな》げを作ってあげよう。ちょきちょき切っていると、キンちゃんは、

「ナニ、ナニ」

と鳥かごの金網《かなあみ》にはりついてぼくの手元を見ている。戸を開《あ》けてやるとすぐに出てきて、ぴょん、とぼくの肩《かた》にとまった。

ぼくは、あっと思った。

キンちゃんがこんなふうに肩《かた》にとまることは、最近《さいきん》なかった。手を出しても乗《の》ってこなかった。世話《せわ》はちゃんとしているつもりだったけど、ぼくのとげとげした気持《きも》ちが、キンちゃんには伝《つた》わってしまっていたのかもしれない。今みたいにぼくが楽しんでいたら、キンちゃんもきっと楽しいんだ。一方的《いっぽうてき》になにかしてやろうって思うより、いっしょに楽しむことが大切なのかもしれない。

そんなことを考えながらはさみを使《つか》っていると、輪投《わな》げができあがった。

「ほら。輪投《わな》げができたよ」

話しかけながら肩《かた》を見ると、キンちゃんは一心にまどの外を見ていた。

「ん？　外が見たいのか？」

までにとまらせてやると、キンちゃんはガラスまどの外に広がるうろこ雲を、うっとり見ている。

「キレイダネ！」

「ほんとだ。きれいな雲」

ぼくはふと、たずねた。

「この前空を飛《と》んだ時、どんな気持《きも》ちだった？」

「コワカッタ。ダカラ、チョットズツ　トンダ」

「えっ、こわい？　なんでだよ」

「トブト、フワット　スル。風モコワイ」

「鳥のくせに、こわがりだなあ」

「デモ、ソトハ　トッテモ　キモチヨカッタナア」

ぼくは、キンちゃんがちょっとかわいそうになった。キンちゃんはりっぱなつばさを持《も》っているのに、この家のせまい部屋《へや》の中で、家具《かぐ》から家具《かぐ》へと飛《と》ぶことしか、してこなかったからな。親鳥に教わることもなかったから、飛《と》ぶコツもわからないのかもしれない。

でも、外がそんなに気持《きも》ちよかったのなら、外を自由《じゆう》に飛《と》ぶ楽しみも知ってほしいと思った。ぼくは腕組《うでぐ》みをした。

丘《おか》の上から、グライダーみたいに、風に乗《の》る練習《れんしゅう》ができればいいのになあ。でもキンちゃんはこわがりだし、いきなりやらせようとしても、無理《むり》だろう。まずは、そよ風に当たるところから慣《な》れさせなきゃ。

「そよ風……そうだ!」

ぼくは物置《ものおき》からせんぷうきを出してきた。見慣《みな》れない物《もの》にびっくりしているキンちゃんを、肩《かた》にとまらせて言った。

「いいかい、これからせんぷうきの風に当たって、少しずつ風に慣《な》れようね。だんだん強くしていくから、にげないでがんばるんだよ」

「ワカッタ」

キンちゃんも、真剣《しんけん》な様子《ようす》でうなずいた。

ぼくがスイッチを入れると、せんぷうきの羽根がくるくる回りだした。

風量《ふうりょう》は『弱』。これならキンちゃんも楽々だ。次にぼくは『中』のボタンを押した。キンちゃんは目を見開《みひら》いて、がんばって耐《た》えている。

「次《つぎ》は『強』、いくぞ」

強のスイッチを押《お》して、1秒《びょう》……2秒《びょう》たった。キンちゃんが、バタバタとわきへ飛《と》びのいた。

「モウ無理《むり》！　息《いき》ガデキナイ」

「よしよし。よくがんばったね、キンちゃん。だんだん慣《な》れていけばだいじょうぶだよ。今度は外で練習《れんしゅう》しようか。どうかな？」

「ウン。ヤッテミル」

そこでぼくは、キンちゃんを肩《かた》に乗《の》せて、玄関《げんかん》に行った。ドアを開《あ》けようとして、不安《ふあん》になった。リードも何もつけてないけど、だいじょうぶだろうか。

「キンちゃん。もう一度聞くけど、またにげたりしないよね」

「シナイヨ。コナイダ約束《やくそく》シタデショ」

「うん。したけどさ」

「ワシモ男ジャ。ニゴンハナイデゴザル」

キンちゃんが時代劇《じだいげき》ふうに言ったので、ぼくも真似《まね》をした。

「よし。そのほうを信《しん》じる。参《まい》るぞ」

ドアを開けると、キンちゃんは外の日差《ひざ》しに、まぶしそうに目を細めた。

ぼくは、ふだん遊《あそ》ぶのに使《つか》っているキックスケーターを出してきた。

これに乗《の》っていっしょに走れば、キンちゃんは、まるで飛《と》んでるような感《かん》覚《かく》が味《あじ》わえるんじゃないかな。

ぼくらのスケーターは、家の前の歩道を走りだした。ゆるい坂《さか》をビューンと下って、大きい公園を突《つ》っ切った。通りすがりの人が、キンちゃんを見てびっくりしていたけど、気にしない。

「どう?　けっこう楽しいだろ」

「ウン。ソウダネ」

キンちゃんもうれしそうだ。するとその時、

「拓真《たくま》くーん。ひとりで何やってんだよう」

後ろから呼《よ》びかけられた。見ると大樹《だいき》くんが自転車《じてんしゃ》で追《お》いかけてくる。

「ひとりじゃないよ。キンちゃんといっしょ」

「あっ、ほんとだ。キンちゃん、君《きみ》によくなついてるなあ」

「風がこわくてうまく飛《と》べないって言うから、今いっしょにスケーターに乗《の》って、風に慣《な》らしてるところ」

「じゃあ、もみじが丘《おか》公園に行こうよ。あの長い坂《さか》を一気に下ればおもしろいよ」

大樹《だいき》くんが言うので、ぼくらはそこから少しはなれたもみじが丘《おか》公園を目《め》

見わたせた。

指《ざ》した。汗《あせ》をかきかき、公園の丘《おか》のてっぺんの展望台《てんぼうだい》まで登《のぼ》ると、町全体《まちぜんたい》が

「いいかい。キンちゃん。これがぼくらの町で、あそこにうちがあるんだ」

「ウワア　ヒロインダネー」

ぼくらがしゃべっていると、大樹《だいき》くんが後ろでせかす。

「早く競争《きょうそう》しようぜ。位置《いち》について」

「ずるいよ。自転車《じてんしゃ》の方が速《はや》いに決《き》まってる」

「じゃあ、おれの方が後ろからスタートしていいよ。キンちゃん、こっちに乗《の》るか？」

大樹《だいき》くんがさそったが、

「イイ。ココガ　ボクノ　シテイセキ」

キンちゃんがぼくの肩《かた》にとまったまま、そう言うので、ぼくはうれしくなった。

「位置《いち》について　ようい、ドン」

ぼくらは長い坂《さか》を勢《いきお》いよくすべりだした。アスファルトの坂道《さかみち》の上で、ぼくのキックスケーターの小さな車輪《しゃりん》はぐるぐる回った。

ピューッ。風を切って、ぼくたちは坂道《さかみち》を下った。

「どうだ？　キンちゃん」

「キモチイイ。風ニナッタミタイ！」

すると追《お》いついてきた大樹《だいき》くんが、

「おっさきー」

自転車《じてんしゃ》でぼくらのわきを走りぬけた。

「くっそー」

ぼくはあせって、片足《かたあし》で地面《じめん》を何度《なんど》もけりながら走った。

「ハヤクハヤク。コッチコッチ」

気がつくと、キンちゃんはぼくの肩《かた》をはなれて、ぼくの頭の上を自由《じゆう》に飛《と》

びまわっていた。家の中みたいに、つばさがぶつかるのを気にすることなく。先にゴールした大樹《だいき》くんは、空を飛《と》ぶキンちゃんを見上げてつぶやいた。

「拓真《たくま》くん。キンちゃんて、きれいだな」

「ああ」

ぼくもうなずいた。

キンちゃんが、白い首と青いお腹《なか》を見せながら、のびのびはばたく様子《ようす》は、水色の空にうかぶ、もう一つの小さな空のようだった。

キンちゃん、友だちの相談《そうだん》に乗《の》る

その後ぼくたちは公園でブランコに乗《の》ったりして遊《あそ》んだ。

「今度《こんど》はもっと大勢《おおぜい》で遊《あそ》ぼうぜ」

「そうしよう。また明日《あした》ね」

大樹《だいき》くんと別《わか》れた帰り道、キンちゃんが、

「タックン。友ダチッテ　イイネ」

と言うので、ぼくも答えた。

「そうだね。みんなで遊《あそ》ぶと何倍《なんばい》も楽しいよね」

それからぼくとキンちゃんは、学校の友だちから、ちょくちょく遊《あそ》びにさそわれるようになった。心配《しんぱい》していたキンちゃんの口の悪《わる》さも、みんなが慣《な》れてくると、おもしろいと喜《よろこ》ばれるようになったからふしぎだ。

ある日、光太郎《こうたろう》くんが、改《あらた》まった顔でぼくに話しかけてきた。

「うちのブラッキーが、最近元気《さいきん》がないんだ。病院《びょういん》に連《つ》れていったけど、病《びょう》気《き》じゃないみたいだし、えさを変《か》えたり、新しいおもちゃを買ったりもしたんだけど、ちっとも喜《よろこ》ばない。どうしたんだろう。キンちゃんから、ブラッキーに聞いてみてくれないかな」

「うーん。でも、キンちゃん、前にブラッキーとけんかしたからな」

「拓真《たくま》くんから頼《たの》んでみてくれない？　ほかにどうしようもないんだ。お願《ねが》い」

そこでぼくは、キンちゃんに相談《そうだん》してみた。すると、

「イイヨ。ブラッキーニ　聞イテミル」

と、こころよい返事《へんじ》が返《かえ》ってきた。

わあ、キンちゃんやさしい！

と思った時、キンちゃんはおもむろに聞いてきた。

「トコロデ　今日《きょう》ノ　オヤツハ　ナアニ？」

「昨日《きのう》買ったバナナがあるよ」

「バナナ。フウン」

キンちゃんは、ちらちらと流《なが》し目《め》をよこしながら言った。

「バナナハ　カリウムガ豊富《ほうふ》デスガ、毎日オナジ　タベモノヲ　続《つづ》ケテ　食ベルト　栄養《えいよう》ノ　カタヨリガ心配《しんぱい》デス……」

「わかった、わかった。本当はなにがほしいんだ？」

「スーパーニ　ウッテタ　オイシソウナ　マンゴー」

「マンゴーか。わかったよ」

ぼくはママに頼《たの》んで、メキシコマンゴーを買ってもらった。

マンゴーを食べてご機嫌《きげん》になったキンちゃんは、次《つぎ》の日ぼくといっしょに光太郎《こうたろう》くんの家に行って、ブラッキーの話を聞くことになった。

たしかにブラッキーは、前ははつらつとしておしゃべりしたり、飛《と》びまわったりしていたのに、今はしょんぼりうつむいたまま座《すわ》っていて、羽も前よりつやがないようだ。光太郎《こうたろう》くんがたずねた。

「ところで鳥って、ちがう種類同士《しゅるいどうし》でも、言葉《ことば》は通じるの？」

「イイエ。フツウハ　通ジマセン」

「じゃあキンちゃんは、ブラッキーとは話せないんじゃないの？」

光太郎《こうたろう》くんがたずねると、キンちゃんは、フフンと笑《わら》った（ように見えた）。

「ボクハ　言葉《ことば》ノ　才能《さいのう》ニ　アフレテイルカラ、ドンナ鳥トモ　話セマス」

ぼくと光太郎《こうたろう》くんは顔を見合わせた。

自分のことを才能《さいのう》にあふれてるって……キンちゃんは、うらやましいくらい自信家《じしんか》だな。

キンちゃんはそれでも、こないだのけんかのことを思い出したのか、慎《しん》重《ちょう》にブラッキーのそばに近寄《ちかよ》った。ブラッキーは、今回はキンちゃんが近寄《ちかよ》っても、ちらっと見るだけだ。キンちゃんは、ピピピッピピッと話しかけた。すると、ブラッキーも、顔を上げて、ピピピピ、ピピと返《かえ》した。

さすがキンちゃん、いばるだけあって、ちゃんと話が通じているみたい。

キンちゃんはしばらくブラッキーと話したあと、ぼくたちのそばにきて、ささやいた。

「カレハ　恋《こい》ワズライヲ　シテイマス」

「ええーっ⁉」

光太郎《こうたろう》くんがさけんだ。ぼくは小声で光太郎《こうたろう》くんに聞いた。

「ねえ、恋《こい》わずらいって、なに？」

「だれかのことが、すごくすきになってなやんだりして、病気《びょうき》みたいになることだと思うよ」

「へえっ。知らなかったよ」

キンちゃんは、どこでそんな言葉《ことば》を覚《おぼ》えたんだろう。ははあ、そうだ。きっと、昼すぎにやってる恋愛《れんあい》ドラマだな。

「それで、ブラッキーはだれのことがすきなの？」

光太郎《こうたろう》くんがキンちゃんにたずねた。

「バードショップノ　九官鳥《きゅうかんちょう》デス」

「ああ、そうか。ぼく、たまにバードショップに、ブラッキーの爪《つめ》を切ってもらいにいくんだよ。お店にはいろんな鳥がいるから、おしゃべりできて楽しいだろうと思ったんだけど……まさか恋《こい》をしちゃったとはね」

「じゃあ、ちょくちょく、そこに連《つ》れていってあげればいいんじゃないの？」

「ソレガ……」

キンちゃんの説明《せつめい》によると、ブラッキーはすきな九官鳥《きゅうかんちょう》の前で、なにを話していいかわからないらしい。

キンちゃん、友だちの相談に乗る

「本当ハ　カノジョニ　アイニイキタイケド、イッテモ　ウマク話セナイカラ　ハズカシイ、ト　ナヤンデイルノデス」

「たしかに、ブラッキーはヒナの時から、ずっとぼくが育《そだ》ててるからな。女の子がすきな話題《わだい》なんて、わからないはずだし」

光太郎《こうたろう》くんは頭をかかえてしまった。

ぼくはキンちゃんにたずねた。

「ねえ、なんかいいアイデアないの？　キンちゃん」

「ウーン」

キンちゃんの目が光った（気がした）。

「ナイコトモ　ナイデス」

もしかしてこいつ、また取引《とりひき》をするつもりだな。

「なんだよ。またマンゴーか？」

「フフフ。コナイダ　高級《こうきゅう》スーパーニ　宮崎産《みやざきさん》マンゴーガ　アッタネ」

くそっ。えらく高いやつだ。

ちらっと見ると、光太郎《こうたろう》くんはなみだぐみながら、恋《こい》わずらいなんてかわいそうに、つらいだろう、とか、ブラッキーに話しかけている。ぼくはキンちゃんに向《む》き直《なお》った。

「わかったよ。ママに頼《たの》んでやるから」

「ワーイ」

キンちゃんは両方《りょうほう》のつばさを広げて、わさっ、とした。

「光太郎《こうたろう》くん。キンちゃんがいい方法《ほうほう》があるってさ」

「えっ。ほんと？」

「ハイ。チョット　時間ヲ　クダサイ」

キンちゃんはそれだけ言うと、ぼくと家に帰った。そして夕方、お姉《ねえ》ちゃんが帰ってくると、こう切りだした。

「オネエチャン、オンナゴコロニツイテ　教エテクダサイ」

「女心ですって⁉　ははあ、キンちゃん、すきな子でもできた？」

「ボクデハナク、ブラッキーデス」

「ああ、ブラッキーのためなの。あんたはいい友だちね。だいじょうぶ。わたしに聞けばまちがいないと思うわ。そうねえ、なにから話そうかしら」

お姉《ねえ》ちゃんはえらそうにソファにふんぞり返《かえ》ると、思いつくままに、あれこれ話しだした。お姉《ねえ》ちゃんの片思《かたおも》いの経験談《けいけんだん》とか、見た恋愛《れんあい》ドラマの話とか、どうでもいいような話も多かったが、キンちゃんは、こないだぼくから教わったあいづちを打《う》ちながら、がまん強く聞いていた。そして、次《つぎ》の日ぼくといっしょに光太郎《こうたろう》くんちに行って、ブラッキーになにかを伝《つた》えた。

「ブラッキーに、なんてアドバイスしたのさ」

帰り道、ぼくが聞くと、キンちゃんはすまして言った。

「羽《は》ヅクロイヲシテ　小サナプレゼントヲ　持《も》ッテイクコト、カノジョガ知ラナイオモシロイ話ヲ　用意《ようい》シテイクコト、カノジョノ話モ　イッショウケンメイ聞イテアゲルコト」

「えっ、それだけで女心がつかめるの？」

「オネエチャンノ話ヲ　マトメルト　ソウナリマシタ」

「なるほどねえ」

ぼくはといえば、ママに何度《なんど》もお願《ねが》いして、宮崎産《みやざきさん》マンゴーを買ってもらった。ママは、それとひきかえに、次《つぎ》の算数のテストで百点を取《と》ることをぼくに約束《やくそく》させたので、ぼくはしぶしぶ机《つくえ》に向《む》かって、算数の勉強《べんきょう》をしながらつぶやいた。

ちぇっ。マンゴーを食べるのは、キンちゃんなのに！　でも光太郎《こうたろう》くんとブラッキーが元気になるなら、まあいいか。

そして何日かしたある日。光太郎《こうたろう》くんとブラッキーがうちに来て報告《ほうこく》してくれた。

「昨日《きのう》さっそくバードショップに行ったんだよ。ブラッキーね、念入《ねんい》りに羽《は》づくろいして、彼女《かのじょ》へのプレゼントに、道でつんだ花を持《も》っていったんだ。それから楽しそうに二羽《わ》でおしゃべりしていたよ。ほら、それからブラッキーはこの通り、すっごい元気になって、毎日でも彼女《かのじょ》に会いにいきたいって」

「そうかあ。よかったね」

「キンちゃんのおかげだね。ありがとう。拓真《たくま》くんも、本当にありがとう。二人《ふたり》に相談《そうだん》してよかったよ」

光太郎《こうたろう》くんがそう言うと、黒い羽のつやを取《と》りもどしたブラッキーが、ピピッ、ピピピピッと、なにか言った。たぶんあれは九官鳥《きゅうかんちょう》語で、ありがとう、とか言ったんだろうな。だって、キンちゃんは例《れい》の、「つばさを広げて、わさっ」を、二回もやったのだから。

キンちゃんが、のびのびできる場所《ばしょ》

　キンちゃんとブラッキーは、すっかり仲良《なかよ》しになった。ぼくの家か光太郎《こうたろう》くんの家で会うと、リビングで追《お》いかけっこをしたり、果物《くだもの》を食べたり、おもちゃで遊《あそ》んだりした。

　また、キンちゃんは、ぼくのほかの友だちからも、ペットの鳥についての相談《そうだん》をされるようになった。みんな、ペットは家族《かぞく》だと思ってるのに、言葉《ことば》が通じないために、誤解《ごかい》したり、なやみがあったりするみたいだった。キンちゃんはこころよく、それらの相談《そうだん》に乗《の》ってあげていた。マンゴーを買ってなどと、ごほうびをねだることは、もう無《な》かった。

「ナヤミガ解決《かいけつ》シテヨロコブミンナノ笑顔《えがお》ガ、ボクハ一番ウレシイ」

とのことだ。

キンちゃんもおとなになったなあ。

そうやってキンちゃんが、みんなの相談《そうだん》に乗《の》っている様子《ようす》を、ある友だちが動画《どうが》で撮《と》って、インターネット上にアップした。すると、『人間の言葉《ことば》を理解《りかい》する鳥がいる！』と評判《ひょうばん》になって、うわさを聞きつけたテレビ局《きょく》が取材《しゅざい》に来た。テレビに出たキンちゃんは、いちやく有名《ゆうめい》になって、ぼくと行く先々でいろんな人に取《と》りかこまれたり、スマホで撮影《さつえい》されたりするようになった。わざわざ遠くから、キンちゃんを見にくる人もいた。

「その鳥、もしかしてキンちゃんじゃない？」

「キンちゃーん。なにかしゃべってみて」

そういうことが続《つづ》くと、ぼくたちは、だんだんつかれてきてしまった。前はお出かけがすきだったキンちゃんも、

「ボク　イカナイ。家ニイル」

と言うようになった。それなのに家にいるキンちゃんを、カーテンのすき間からのぞこうとしたり、写真《しゃしん》を撮《と》ろうとするこまった人もいた。

二か月くらいたつと、みんなあきてしまったのか、集《あつ》まる人はいなくなった。だけど、かわいそうにキンちゃんは、カーテンを閉《し》めた部屋《へや》の鳥かごのすみで、あいかわらずびくびくしている。

ぼくはひとりで光太郎《こうたろう》くんの家に行って、相談《そうだん》してみた。

「最近《さいきん》キンちゃん、鳥かごのすみっこでぼーっとしてることが多くて、あんまりおしゃべりもしなくなっちゃったんだ」

「キンちゃんもさわがれすぎて、つかれちゃったんだろうね。動物園《どうぶつえん》の動物《どうぶつ》も、いつも人に見られていると、ストレスがたまるらしいし。ちょっとのびのびさせてあげられたらいいんじゃないかな」

と、光太郎《こうたろう》くんがアドバイスしてくれた。

「たしかに。でものびのびさせてあげるって、どうしたらいいのかな」

「そうだねえ。うちのブラッキーは、時どきバードランに連《つ》れていくと喜《よろこ》ぶよ」

「バードランってなに？」

「鳥を放《はな》して遊《あそ》ばせる施設《しせつ》があるんだ。公園みたいに広いから、ブラッキーは、のびのび飛《と》んだり、仲間同士《なかまどうし》交流《こうりゅう》したり、楽しそうだよ」

でも残念《ざんねん》なことに、光太郎《こうたろう》くんが行くバードランは遠くて、車でしか行けないらしい。

うちから気軽《きがる》に行けるような、鳥がいっぱいいる場所《ばしょ》はないかと考えていたぼくは、ある場所《ばしょ》を思いついた。町はずれにある緑地《りょくち》で、木々や草むらの真《ま》ん中《なか》にため池がある。そこだけ静《しず》かな森のような雰囲気《ふんいき》だった。広いけど、公園みたいに遊具《ゆうぐ》があるわけではないので、人はあまり来ない。たまに犬の散歩《さんぽ》をしに来る人がいるくらいだ。鳥にとっては理想的《りそうてき》な環境《かんきょう》のようで、いろいろな種類《しゅるい》の鳥がすんでいる、と市民《しみん》だよりに書いてあった。

ぼくは、キンちゃんをお出かけ用のかごに入れて出かけた。

緑地《りょくち》に着《つ》くと、ぼくはキンちゃんの鳥かごをベンチの上に置《お》いて、ちょっとはなれた場所《ばしょ》から、見守《みまも》ることにした。ぼくがいたら、野鳥は警戒《けいかい》して来ないだろうし、でも、のらねこにねらわれたりしたらこまるから、用心深《ようじんぶか》く目をはなさないでいた。

キンちゃんは最初不安《さいしょふあん》そうにしていたけれど、遠くでいろいろな鳥の声がするのを聞いて、自分も声をはり上げた。

キューイ　キューイ　キューイ
家の中では、近所迷惑《きんじょめいわく》にならないように、大声は禁止《きんし》と教えていたから、キンちゃんがこんなに大きな声を出せるなんて、知らなかった。

しばらくすると、キンちゃんの呼《よ》び声《ごえ》を聞きつけて、かわるがわるいろんな鳥がまい降《お》りてきた。スズメ、シジュウカラ、メジロ、ウグイス、ハト、野生のインコ。それらの鳥は、キンちゃんのかごの近くに降《お》りて、ちょんちょん、と歩きながら、少しずつ近寄《ちかよ》っていき、キンちゃんに話しかけた。少しの間おしゃべりして、あきるとまた飛《と》び立っていき、今度《こんど》は別《べつ》の鳥が降《お》りてきた。キンちゃんはどの鳥ともあいそうよく、楽しそうにおしゃべりしていた。

一度《いちど》だけ、大きなカラスが降《お》りてきた時には、ギャアーと、キンちゃんがパニックを起《お》こして大さわぎをしたので、ぼくはあわてて追《お》いはらいに行った。キンちゃんはもともとカラスがきらいで、とてもこわがっているのだ。カラスの大きさはキンちゃんと同じくらいだし、くちばしだってキンちゃんの方が大きいのに。

「よしよし、こわくないよ」

言いながらよく見ると、カラスは姫《ひめ》りんごの実《み》をくわえていて、キンちゃんにあげたいようだった。

「ほら、友だちになりたいんだよ」

説明《せつめい》してやると、キンちゃんも落《お》ち着《つ》きを取《と》りもどした。

夕方になると、いっそうたくさんの鳥たちが、巣《す》のある緑地《りょくち》に帰ってきて、キンちゃんのかごを取《と》りかこんだので、ピーチク、チュンチュンクククク、とすごくにぎやかになった。

「キンちゃん、暗《くら》くなってきたから、ぼくらも帰ろう」

「ウン。ミンナト　イッパイ　オシャベリシタヨ」

かごをのぞきこむと、キンちゃんはご機嫌《きげん》だった。

キンちゃんは家に帰ってえさを食べると、目をキラキラさせて、新しくできた友だちが、こんな話をしていた、とか、自分はこういうことをたずねたとか、今日《きょう》のことを報告《ほうこく》してくれた。

楽しんでくれてよかったと思った時、キンちゃんはなんとこう言ったのだ。

「ミンナニ　イワレタヨ。『仲間《なかま》ガ　イッパイ　イルカラ、君《きみ》モ　ココニスメバ』ッテ」

ぼくはびっくりして、さけんだ。

「なにをばかなことを！　無責任《むせきにん》な鳥たちだな」

ぼくが怒《おこ》りだしたのを見て、キンちゃんは、あわてて言った。

「モチロン　イカナイケド」

「そりゃ、そうだよ。キンちゃんのうちは、ここなんだから。ぼくたち家族《かぞく》が一番の仲間《なかま》だ。そうだろう？」

「ウン」

「それに、緑地《りょくち》でなんて暮《く》らせるわけないよ。キンちゃんは外の世界《せかい》のことなんて、なにも知らないんだから」

「ウン」

キンちゃんはうなずいた。

まったく、野鳥たちめ。勝手《かって》なこと言って。

腹《はら》を立てたぼくは、それきりキンちゃんを、緑地《りょくち》には連《つ》れていかなかった。

ところが、しばらくすると、キンちゃんはまた元気がなくなってしまった。一日中ずっととまり木にとまったまま、なにも言わないで、じっと鳥かごの床《ゆか》を見ている。大すきな果物《くだもの》もちょっとかじるくらいだ。ぼくは心配《しんぱい》になった。

「ねえキンちゃん、具合《ぐあい》でも悪《わる》いの？」

「ウウン」

「じゃあどうしたの？」

「ボクハ　ダイジョウブ。タックン、心配《しんぱい》シナイデ」

「でもおかしいよ。なにか考《かんが》え事《ごと》でもしてるの？」

キンちゃんは、ぼくの質問《しつもん》には答えなかった。

あとで部屋《へや》をこっそりのぞいた時、キンちゃんは鳥かごの中でこんな歌《うた》を歌っていた。

♪友ダチッテ　楽シイネ

　大空ヲ　イッショニ　トンダラ　ユカイダネ

その調子《ちょうし》っぱずれな歌を聞いて、ぼくは気づいた。

そうか。緑地《りょくち》の友だちが恋《こい》しいんだな……。

ぼくの胸《むね》に、どろっとしたかたまりが流《なが》れこんできたような気がした。

緑地《りょくち》にはもう、連《つ》れていきたくない。

時間がたてば、きっと忘《わす》れるよ。

でも、何日たっても、キンちゃんはずっと元気がないままだった。ある日

パパがぼくに言った。

「ねえ、キンちゃん、ちょっとやせたんじゃないか？」

ぼくは顔を上げてパパを見た。そうしたら言葉《ことば》の代《か》わりに、だーっとなみだが出てきてしまった。

「なんだ？　どうしたんだ。たっくん」

うろたえるパパの前で、ぼくはしゃくり上げ始《はじ》めた。泣《な》きやんで、一部始《いちぶし》終《じゅう》をパパに話し終《お》えるまで、しばらく時間がかかったけど、パパはがまん強く聞いてくれた。

「そうか。キンちゃんは緑地《りょくち》の友だちのところに行きたいんだな。たまには連《つ》れていって、遊《あそ》ばせてあげたらどうだい？」

「だって……意地悪《いじわる》な野鳥におそわれるかもしれないし、迷子《まいご》になって帰ってこれないかもしれないし……」

「たっくん」

パパは、ぼくの肩《かた》に手を置《お》いた。

「こないだ行った時、鳥たちはみんな親切だったんだろう？　それにキンちゃんは方向感覚《ほうこうかんかく》がいいから、道に迷《まよ》わないことは、たっくんが一番わかってるじゃないか」

「でも」

「たっくんが、もしキンちゃんだったらどうかな？　たまには仲間《なかま》と自由《じゆう》に遊《あそ》びたいと思うんじゃないかな。家の周《まわ》りではキンちゃん、びくびくしているし、部屋《へや》の中じゃ、のびのびとはばたくこともできないし」

「だって、もしキンちゃんが緑地《りょくち》で暮《く》らしたいなんて言いだしたら、こまるじゃないか」

ぼくはしぶしぶ本音を言った。

「それにキンちゃんの一番の仲間《なかま》は、ぼくと、この家族《かぞく》のはずでしょ？　ぼくは卵《たまご》からかえしたから、親も同然《どうぜん》なんだよ」

「そうだね。たっくんは、キンちゃんをすごく大事《だいじ》に思っている。キンちゃんだって、そうだと思うよ」

ぼくはうつむいた。

キンちゃんは、緑地《りょくち》にすごく行きたいのに、それを言わない。

こないだぼくが怒《おこ》ったから、わかってるんだ。ぼくが連《つ》れていきたがらないことを。それで、がまんしてるんだ。ぼくのために。ぼくが仲間《なかま》で、家族《かぞく》だから。

ふと、こないだ耳にした、キンちゃんの歌《うた》を思い出した。

♪友ダチッテ　イイネ

　大空ヲ　イッショニ　トンダラ　ユカイダネ

　楽シイネ

キンちゃん、緑地《りょくち》で楽しそうだったな。それにぼくは、どうがんばっても、大空をいっしょに飛《と》んだりできないんだ。

決心《けっしん》したぼくは、次《つぎ》の日キンちゃんをまた、緑地《りょくち》に連《つ》れていった。

「日が暮《く》れる前に帰るんだからね」

言い聞かせて、今度《こんど》は鳥かごから出してあげた。キンちゃんはおそるおそるはばたいて、近くの地面《じめん》をジャンプしたり、ベンチの背《せ》に飛《と》びあがったりした。そのうち、キンちゃんを見つけた野鳥たちが降《お》りてきて、キンちゃんを連《つ》れて、どこかに遊《あそ》びにいった。

キンちゃんは時たま、ぼくのところに降《お》りてきて、木の上から見える景色《けしき》とか、仲間《なかま》の巣《す》にいるヒナのこととかを、興奮気味《こうふんぎみ》にぼくに報告《ほうこく》してくれた。

そして、夕方になると約束《やくそく》通り、ぼくといっしょに帰った。

「今日《きょう》　ハジメテ　虫ヲ　食ベタヨ！　口ノナカニ　飛《と》ビコンデ　キタノ」

たった一日で、キンちゃんはみちがえるように元気に、そして少し、たくましくなったようだった。それで、ぼくは時間がある時は緑地《りょくち》に連《つ》れていってあげることにした。

キンちゃんに、ぼくが知らない新しい仲間《なかま》ができることが、最初《さいしょ》はいやだったけど、みんなと楽しそうに遊《あそ》ぶキンちゃんを見ていると、ぼくもうれしくなった。それに、キンちゃんから、ぼくの知らない鳥の世界《せかい》の話を聞くのも、おもしろかった。

ある日の夕方、緑地《りょくち》で遊《あそ》び終《お》わったキンちゃんに、ベンチから声をかけた。

「キンちゃん、帰るよー」

すると、キンちゃんがぼくのところに来て言った。

「タックン、アノネ。ボク、シバラク家ニ　帰ラナクテモ　イイ？」

「えっ」

「友ダチガ　相談《そうだん》シタイコトガ　アルッテ」

見ると、すぐ上の木に、二羽《わ》のヒヨドリがとまって、こちらを見ている。

そうか。そういうことか。もうえさの取《と》り方《かた》もわかったし、緑地《りょくち》の鳥の仲間《なかま》たちといっしょに暮《く》らしたいってことなんだな。

緑地《りょくち》にひんぱんに通うようになってから、ちょっとかくごはできていたんだ。

「わかったよ。キンちゃん。広い世界《せかい》を知っておいで。そして、すきな時に帰ってくればいいよ」

「タックン、アリガトウ」

キンちゃんはぼくの肩《かた》に飛《と》びあがると、大きなくちばしを、ぼくのほおに寄《よ》せた。そのくちばしをなでると、ぼくは胸《むね》がいっぱいになった。

「じゃあ、行きなよ」

ぼくは平気《へいき》なふりをして、からの鳥かごを持《も》って立ちあがった。

ヒヨドリたちはぼくの方を見て、ヒーヨヨヨ、と鳴いた。

「タックン　マタネー」

キンちゃんはヒヨドリといっしょに飛《と》び立って、木のしげみの向《む》こうに行ってしまった。

ほんとに、行っちゃった。

ぼくがまだぼんやりしていると、

「ねえ、あなた。ちょっと」

犬を連《つ》れて通りかかったおばさんが、後ろから声をかけてきた。

「肩《かた》になにかついてるわよ。ほら」

つまんでさしだされたのは、キンちゃんの青い羽だった。ぼくはそれを見るとたまらなくなって、緑地《りょくち》の外へかけだした。

だれかに深《ふか》く関《かか》わると、お別《わか》れがとてつもなくさびしい、ということを初《はじ》めて知った。

キンちゃん。だけど、ぼくはおまえに会えて、よかったな。

見上げると、キンちゃんがすきだったうろこ雲が、空いっぱいに広がっていた。

ぼくの家は、ものすごく静《しず》かになってしまった。

キンちゃんのおしゃべりは、もう聞こえない。調子《ちょうし》っぱずれの歌も、おもちゃで遊《あそ》ぶ音も聞こえない。

朝起《お》きてリビングに行くと、からっぽの鳥かごが目に入る。ああ、キンちゃんはもういないんだと思い出す。それなのに、夕方宿題《しゅくだい》をやりながら、ついキンちゃんの気配《けはい》に耳をすませてしまう。キックスケーターに乗《の》る時、キンちゃんの指定席《していせき》だった肩《かた》に、思わず手をやってしまう。

キンちゃんがぼくにとって、どんなに大きな存在《そんざい》だったか、あの体の温《あたた》かさが、どんなにほっとするものだったか、今まで知らなかったんだ。

自己中《じこちゅう》でもなんでもいいから、キンちゃんに行くなって言えばよかったのかな。

そんなふうに思うこともあれば、

いいんだ。あの時ぼくが一番いいと思うことをしたんだから。

と思ったりもした。

ある日の夕方、ぼくは部屋《へや》の電気もつけずに、ぼーっと机《つくえ》に向《む》かっていた。開《あ》けっ放《ぱな》しのまどから、夕焼《ゆうや》けが見える。巣《す》に帰っていく鳥たちの声が聞こえる。あの中に、キンちゃんはいるのかなと思ったら、ためいきが出た。ぽとん、となみだのつぶが、机《つくえ》に落《お》ちた。

キンちゃんに、会いたいなあ。

両方《りょうほう》の手のひらで顔をこすった時、近くで声がした。

「タメイキ　ツイテナイデ　コドモハ　外デ　遊《あそ》ビナサイ」

見ると、まどのふちにキンちゃんがとまっていた。

「あっ、キンちゃん、どうして帰ってきたの？」

ぼくは思わず立ちあがった。

「タックンコソ　ドウシテ　ビックリシテルノ？」

「だって、緑地《りょくち》にすむって言ったじゃないか」

「シバラク　帰ラナイト　イッタダケデスヨ。ボクノ家ハ　ココデショ」

「え、なんだ！　そうなんだあ」

ぼくは力がぬけてしまった。

「緑地《りょくち》ハ　大変《たいへん》タノシカッタデス。タックンハ　元気ダッタ？」

「ああ。元気だったよ」

キンちゃんは、ぼくの顔をじっと見た。

「ナゼ　目ガ赤イノ？」

ぼくはあわてて目をこすった。

「それはキンちゃんに会えて、うれしいからだよ」

「アア、ソウカ。人間ハ　ウレシイトキモ　ナクンダッタ」

キンちゃんはつばさを広げて、わさーっとした。

「ジツハ　仲間《なかま》ヲ　連《つ》レテキマシタ。庭《にわ》ヲ見テクダサイ」

急《いそ》いで庭《にわ》に面《めん》したまどに近寄《ちかよ》って外を見ると、庭《にわ》にいっぱい鳥たちが集《あつ》まって遊《あそ》んでいる。スズメくらいの小さな鳥から、キンちゃんと同じくらい大きな鳥まで。

「ボクガ　タックンヤ　家族《かぞく》ノ話ヲシタラ、ミンナ　ココニ　遊《あそ》ビニ　キタ

ガッタンデス。デモ　人間ニツイテ　イロイロ誤解《ごかい》モシテイタカラ、クル前ニ　セツメイシテテ、時間ガ　カカッチャッタ」

「ここに来たいって？　なんだ、友だちの相談《そうだん》ってそんなことか」

ぼくは笑《わら》った。お腹《なか》の底《そこ》から笑《わら》いがこみあげてきた。それからキンちゃんと庭《にわ》に出ていった。

キンちゃんは友だちを呼《よ》んだ。最初《さいしょ》鳥たちは枝《えだ》の下の方にとまって、こわごわ様子《ようす》をうかがっていたけど、ぼくがなにもしないとわかると、庭《にわ》のテーブルにまい降《お》りてきた。ぼくは改《あらた》めて自己紹介《じこしょうかい》をし、それをキンちゃんに通訳《つうやく》してもらった。また鳥たちのことも、ぼくに紹介《しょうかい》してもらった。それから鳥たちは、出してあげた果物《くだもの》をにぎやかにつついて、帰っていった。

その日の体験《たいけん》が、鳥たちには結構《けっこう》おもしろかったらしい。次《つぎ》の日から緑地《りょくち》にすんでいる鳥たちが、入れかわり立ちかわりうちの庭《にわ》にやってきた。そしてキンちゃんを通訳《つうやく》に、ぼくたち家族《かぞく》とひとしきり、おしゃべりをしていくようになった。ぼくらが鳥と話せたらおもしろいだろう、と考えるように、鳥たちもまた、人と自由《じゆう》に話してみたいと考えていたようなのだ。ぼくはそれを聞いて、とてもうれしかった。

鳥たちは、緑地《りょくち》の花や木《き》の実《み》なんかをおみやげに飛《と》んできて、うちの庭《にわ》の木にとまる。ぼくや、家族《かぞく》がキンちゃんといっしょに庭《にわ》に出ていくと、

「こんにちは」

「お元気でしたか」

鳥たちはそばに来てさっそくいろんなことを話しかけてくる。彼《かれ》らが新しく覚《おぼ》えたきれいな歌や、巣《す》の中のヒナたちの成長具合《せいちょうぐあい》や、空から見た町の様子《ようす》を聞かせてくれる。ぼくたちの方は、人の世界《せかい》で起《お》きていることや、学校や会社でしていること、家で楽しんでいることなどを話す。鳥たちは興味《きょうみ》しんしんで聞いている。

ぼくはさっそく、光太郎《こうたろう》くんとブラッキーをうちに呼《よ》んだ。光太郎《こうたろう》くんは

大喜《おおよろこ》びで、ひまを見つけては来るようになった。専用《せんよう》のノートを持《も》ってきて、一生懸命《いっしょうけんめい》鳥たちの話を書き取《と》っている。

ある日、ぼくが学校に行くと、クラスの友だちが聞いてきた。

「ねえ、拓真《たくま》くんちの庭《にわ》、どうしてあんなにたくさん、鳥が飛《と》んできてるの？」

わけを話すと、みんなうらやましがって、

「いいなあ。わたしたちも鳥と話したい」

と言うので招待《しょうたい》してあげたら、来たい人がどんどん増《ふ》えて、週末整理券《しゅうまつせいりけん》を作って、配《くば》らなければいけなくなった。近所《きんじょ》の人たちもたずねてくるようになって、うちの庭《にわ》はさらににぎやかになった。

「わたしたち人間と同じ町に住《す》んでるのに、鳥たちには、ぜんぜんちがう世《せ》界《かい》があるのねえ」

「鳥に親近感《しんきんかん》がわいたね」

みんなそんなことを言いながら、感心《かんしん》して帰っていく。

「おう、ぼうず。キンちゃんに会いにきたよ。ずいぶん評判《ひょうばん》になってるな」

見ると、「ほりだしもの屋《や》」のおじさんが立っていた。

「あんなふうに、人間と鳥がおたがい楽しそうに会話しているのを、初《はじ》めて見たよ。キンちゃんは伝説《でんせつ》の通り、人と鳥の友好《ゆうこう》を深《ふか》めたんだな」

「うん。キンちゃんとわかりあうのは、なかなか大変《たいへん》だったけどね」

「そうだろう。同じ人間同士《どうし》でもかんたんじゃないもんな。でも、よくがんばったな、ぼうず」

「うん。ぼくも、キンちゃんも、おたがいがんばったんだよ」

ふしぎなのは、キンちゃんを、どうにか幸《しあわ》せにしたいと思っていたら、いつのまにかぼくにも仲間《なかま》が増《ふ》えて、毎日が楽しくなっていたってことだ。

今キンちゃんは、ぼくらの通訳《つうやく》として、毎日いそがしく働《はたら》いている。いつもせわしなく動《うご》きまわっているので、ちっとも王さまみたいじゃないけど、人間と鳥がたがいにわかりあえた時、キンちゃんはとてもうれしそうだ。そんなキンちゃんを見ていると、ぼくもうれしくなる。そんなふうに、幸《しあわ》せっていうのは、だれかからだれかへと、うつっていくものなのかもしれない。

〈作〉

当原珠樹（とうはら たまき）

東京都生まれ。上智大学外国語学部イスパニア語学科卒業後、出版社に勤務。退職後、育児のかたわら創作を学ぶ。『かみさまにあいたい』（ポプラ社）が、第65回青少年読書感想文全国コンクール課題図書になる。著書に『転校生とまぼろしの蝶』（ポプラ社）がある。「ごろにゃお」「駒草」「季節風」同人。

〈絵〉

おとないちあき

東京都在住。イラストレーター。書籍装画を中心に活動。装画を手掛けた作品に、「君と漕ぐ」シリーズ（新潮社）、「溝猫長屋」シリーズ、「保健室経由、かねやま本館。」シリーズ（以上、講談社）、「鬼遊び」シリーズ（小峰書店）、『ソーリ！』（くもん出版）、『さよならは明日の約束』（光文社）などがある。

装幀● bookwall

オオハシ・キング
ぼくのなまいきな鳥

2020年10月22日　第1版第1刷発行

作　当原珠樹
絵　おとないちあき
発行者　後藤淳一
発行所　株式会社PHP研究所
東京本部　〒135-8137　江東区豊洲5-6-52
児童書出版部　☎03-3520-9635（編集）
普及部　☎03-3520-9630（販売）
京都本部　〒601-8411　京都市南区西九条北ノ内町11
PHP INTERFACE　https://www.php.co.jp/

組版　株式会社PHPエディターズ・グループ
印刷所
製本所　凸版印刷株式会社

ISBN978-4-569-78952-1

NDC913　158P　20cm